JN057954

明日、海まで走ろう

白鳥 凛
SHIRATORI Rin

文芸社

目次

明日、海まで走ろう

夫の正幸（まさゆき）がすごい酒飲みだと知ったのは、この結婚が決まって兄夫婦に挨拶に行ったときだった。

そのとき、兄嫁がスーパーから買ってきたばかりといったお惣菜をテーブルの上に並べながら、自分の夫も若いころから酒が大好きで、すでに胃やら肝臓を悪くしていると周りをうかがうようにしゃべった。

亡くなった義父もそうだったし、従弟連中も負けず劣らずの酒飲みだと言う。つまり身内の男連中はほとんどが酒飲みだったのだ。

その時点で、私はこの結婚をすごく後悔したけれど、三十歳半ばを過ぎてやっと相手がみつかった娘に、手放しで喜ぶ両親の顔を見ていると何も言えなかった。私にできることは、この結婚が不幸にならないように祈り、精一杯努力するだけだった。

それから夫が銀行を定年するこの春まで、確かにいろんなことがあった。他人同士が夫婦になったのだから、自分たちだけが特別だったとは決して思わないけれど、こんなはずじゃなかったと悩むこともいっぱいあった。

他人は夫のことを「すごく優しい人ね、いい人と巡り合ったわね」なんて、羨ましそうに言うけれど、世間はなにも分かっていない。正幸は結婚したときから、家ではあれこれ話なんかするような男じゃなかったし、ビール片手にテレビを見て過ごせば、それで満足するような人間だったからだ。

それがどうだろう。いったん酒が入ると、人がかわったように饒舌（じょうぜつ）になり理屈を言いはじめる。まるで溜まっていたストレスを吐き出すかのように、何時間でも同じことを繰り返し、しゃべり続けるのだ。しかも、何かのはずみでスイッチが入ると途中から猛烈に怒り出すのだから、たまったもんじゃない。安心してそばに座ってなんかいられない。

そのたびにこの結婚はやはり失敗だったとすごく後悔したけれど、二人の子どもから父親を取り上げる勇気もなく、惰性に近いような気持ちで暮らしてきた。

近くのマンションに住む五つ違いの妹の理子（りこ）は、そんな私を常に鼻でせせら笑っていた。

彼女は駅前で不動産会社を経営している。小さいながらも従業員も数人いたし、収入もそれなりにあるようで、同じ服を二回と着ているのを見たことがない。

そんな妹の口癖はというと、今の時代は、女だってしっかり働けば生活に困らない収入が入るし、地位だって得られる。それなのに、なぜ辛抱して一緒にいなければならないのか、自分に優しくない男に我慢して尽くすことくらい馬鹿げたことはないと言う。

当然、彼女は結婚する気なんかサラサラなくて、自由に生きて思う存分仕事して、独身で終わるほうが自分らしく生きられるというのが持論だった。

たしかに、毎日家にいるようになった夫を見ていると妹の言うことは当たっていると思う。何もせずに一日中、テレビの前に座り、ビールを飲みながら、古い時代劇ばかり見ている。その横で私は掃除して洗濯して三度の食事をつくり、片付ける。その繰り返し。毎日、毎日、飽きることなく何十年と続けてきて、これからもこんな生活が続くのかと思うと気が滅入ってくる。

子どもたちが大学を卒業するまでの間、パートでいくつか仕事をしたことがあったけれど、夫は妻が働くのをあまり好きではなさそうだった。というのも、その時間分だけ家事が手抜きになるというのだ。そんなつもりはまったくないのに、パートで仕事していた時期はとくに機嫌が悪かった。

その子どもたちも社会人となって出ていき、仕事もすごく忙しいようで、長男も次男も滅多にここには来ない。夫婦だけの静かな毎日が続いている。けれど、何かの都合で「近くに来たから」と、いきなり寄ることがあったけれど、お茶を一杯飲むとろくに話もせずに帰っていく。まるで、私たち夫婦の安否確認とトイレ休憩のつもりで寄っただけのようだった。

でも、妹の理子は子どもたちとは違い、時間があるとよくここに来た。

「なにか、残っていない?」と部屋の中を見渡しては、「お腹が空いたわ」と、料理をせがんだ。だのに、食べ終わると図々しくも、

「よくこんな単純な生活が続けられるものね、私ならとっくに死んでいるわ」

ご馳走になった礼もそこそこに言いだす。

「何言ってるのよ、私がいるから突然に来たあなたにも食事が作れるんでしょう」

反論するが、理子はぺろっと舌を出しただけで、どうもあまり効いていないようだ。

と言いながら、多少は心配してくれているようで閉じこもりがちな私を時々外に連れだしてくれた。ショッピングモールをブラブラ歩いたり、海辺のレストランでランチを食べたりした。

そんなとき夫は、他人には〝話の分かる男〟という印象でいたいようで、「ちょっと出か

けてきますから」と言っても、うんうんと頷き、決して反対はしない。それどころか、「ゆっくりしておいで」と、笑顔で送り出してくれる。仕事柄いろんなタイプの人間を見ている妹はそんな夫の態度も見抜いているようで、二人になると遠慮なくズケズケ言ってくる。それが結構、当たっていて、納得するときもあれば逆に本音すぎて煩わしいこともあった。

今日もそうだ。

最近話題になっているというカフェに連れてきてもらったけれど、席に着くなり待っていたかのように身を乗り出してきてしゃべる。

「ねえ、姉さん。義兄(にい)さんが毎日家にいるようになってから息が詰まらない？」

ハッとした。そうなのだ。どこか冷やかしたような眼をしている。

「私なら発狂しそうになるわ。ねえ、これからは掃除や洗濯なんか義兄さんにしてもらって、姉さんは何か新しいことを始めない？」

理子は運ばれてきたスパゲッティをスプーンの上でクルクル巻きながら上目づかいに私を見る。

「……そうね」

「そうしようよ、もっと人生を楽しまなくちゃ。姉さんは料理が好きでしょう。昔から上手だし、どれも文句なく美味しいからレストランなんか始めたらどうかしら？　姉さんだってずっと前にそんな店がしたいって、言ってたじゃない。義兄さんには好きなビールをどんどん飲ませとけばいいのよ」

そういうと一口にまとめたスパゲッティを食べた。でも、私は、そんなこと言ったかどうかもすっかり忘れてしまっていて、

「そうね、それができたらいいわね」

と、逆に妹の記憶力の良さに感心しながら返事した。

「なによ、その言い方。まるで他人ごとみたいじゃない。私は姉さんの話をしているの」

言い方が悪かったようで、妹はちょっと怒ったように言う。

先月で自分は六十七歳になった。けれど、確かに老け込むにはまだまだ早すぎると思っている。家事さえきちんとすませておけば夫は何も言わないだろうし、自由に使える時間はできるように思う。妹が言うように、待つだけの女から変身して新しい扉を開けば、自分らしい人生を取り戻せるかもしれない。

「でも、なにか始めることは、わくわくするかもしれないけれど、予想もしなかったこと

だってあるでしょう。私、そんなの嫌だわ。誰か代わりに解決してくれるならいいけど」

正直な気持ちをしゃべったつもりなのに、妹はスパゲッティを食べようとした手を降ろして、驚いたように私を見た。

「姉さん、予期しないことなんかいっぱいあるわよ。あって当然よ。平々凡々にいくことなんてあるのかしら。ないわよ。そんなもの」

あたりまえのことをなんで聞くの、と言わんばかりに怒っていた。

「ねえ、そんなときって、逃げ出したくなかった？」

「あのね。何をしてもプラスとマイナスはつきものなの。一枚の紙にだって裏と表があるでしょう。それと同じ。目標を達成しようと思うなら何があっても乗り切るしかないの。一生懸命に考えたらなんとかなるわよ。姉さんの場合はなにをしても、マイナス思考でいつも愚痴ってばかりじゃない」

「そうか、そうよね」

確かにそうだと思う。反論なんかできなかった。

妹の顔を見る。つんと澄ましたように座っていた。姉妹なのになんでこんなにも性格が違うのだろうか、と感じる。そう思うと自分が情けなくなってくるけれど、でも、特別な理由なんかないように思う。私が姉で、理子が妹だったというそれだけのことなのだ。きっと——。

亡くなった両親は、祖父から受け継いだ豆腐屋をしていたから、朝がすごく早かった。私は小さいときから、「あんたはお姉ちゃんだから辛抱しなさい」と言われ続けられてきたし、妹は風邪ばっかり引いていたからいつもみんなから大事にされてきた。要領もよくて、嫌なことは風邪引きで逃れる、つまり仮病を使うのだ。

だけど、人一倍気が強くて、間違っていると思ったら相手がどうあれ、突っかかっていく。そんな向こう見ずなところもあった。だから、そんなことの積み重ねでこんなふうになってしまったのだと思っている。

確かに私には困難を乗り越えていこうとする根性がまず欠乏していた。あっさりと引き返すほうが楽だと思うし、知恵を抽出するエネルギーもない。夫婦二人の生活にさえ、いろいろあってうんざりするというのに、この先、新しい人生を始めたばっかりに予期せぬ出来事に遭遇することは、命を縮めるだけにしか思えない。

そこまで考えてみると物事全てが面倒になり、途端にどうでもいいように思えてくる。

「結局、何をするにしたって姉さんのように不平不満ばかり言っていたらちっとも解決しないよ。幸せなんか絶対巡ってこないし、逆に逃げていくだけだわ」

「……うん」

妹は、馬鹿にしたように笑った。

悔しいけれどそのとおりだと思う。思い切りの悪い自分はぐずぐずと煮え切らないままに過ごしている。きっとこんな調子で人生が終わるのだと思う。焦りはあるけれど、所詮、ああでもない、こうでもないと右往左往しながら平々凡々と過ごすのが自分には向いているようだ。自分はこの程度の器の人間にすぎないんだと思う。

八月に入ったばかりの日曜日の朝だった。裏庭で蝉が忙しく鳴いている。

私は久しぶりに、パンを焼いてみたくてクーラーをガンガンに効かせたキッチンで小麦粉を捏ねていた。すると、玄関のほうで夫の声がした。誰かが来ているようで話し声に混じり、時々笑い声も聞こえてくる。珍しいことだ。この家で笑い声が聞こえるなんて滅多にないことだったから。私は捏ねた生地を型に入れ、前もって温めておいたオーブンに入れるとスイッチをひねった。手を洗って玄関に出てみる。

するとそこには夫と並んで頭に少し白髪が混じりかけたスーツ姿の男性が立っていた。

一見して年が若いのか老けているのか、よく分からなかったけれど、その人は私を見ると「あら、奥様ですか」と慌てて頭を下げ、内ポケットから名刺を取り出した。そして、自分は自動車会社の営業マンで、ご主人とは銀行時代から親しくしてもらっていると自己紹介をした。

「今日はありがとうございます。ご購入いただきましたキャンピングカーをお持ちしました」

そう言いながらニコッと微笑むではないか。エッと驚いた。

「キャンピングカーなんて。そんな話、聞いていませんけど」

びっくりして声がつい大きくなってしまった。夫をチラッと見る。けれど、私の顔を見ただけで何も言わない。営業マンの表情がサッと変わったのが分かった。

「いいえ、確かにご注文いただいておりまして」

少し慌てたような様子だった。彼も何か言ってほしそうに夫を見るけれど黙ったまま。空気が悪くなったと感じたのか、困ったような表情を浮かべた。

「いえいえ、奥様、このキャンピングカーは掘り出し物ですよ。中古品ですが、前のかたがほとんど乗っていませんから、新品みたいなものです」

人の気も知らずに〝お買い得〟という言葉を何度も強調する。夫は相変わらずひとこともしゃべらない。だから私は、

「これ、買ったの？」

と、顔を覗き込んで聞いた。するとポケットに手をいれたまま、

「ああ」

それだけ返事した。なによ、それ、猛烈に怒りが湧いてきた。もっと他に言うことあるんじゃない、と思う。

そういえば、最近、夫はリビングでテレビをつけっぱなしにしてパソコンを開いていた。もちろん横には飲みかけの缶ビールがある。なにか熱心に調べものをしているようで、隣で掃除機をかけながら、さすがに暇になったから、やっとなにかを始める気になったんだと秘かに期待していた。でも、まさかそれがキャンピングカーを買うことだなんて思いもしなかった。

私はスリッパからサンダルに履き替えて外にでてみた。

するといままで黒いワゴン車が止まっていた場所に車はなく、代わりに白いキャンピン

グカーが止まっているではないか。すっかり自分の居場所みたいに堂々としていた、憎たらしいほどに。

「あの黒の車はどうしたの？」

声を強めて聞く。

「ああ、あれは置き場がないから売ったよ。一台あればいいじゃないか」

夫は悪びれた様子もなく平然と言う。なんで、勝手に！　それでまた新たな怒りが湧いてきた。

「これ、困ります。持って帰ってください」

私はとうとう少し乱暴な口調で営業マンにつっかかってしまった。

相手は完全に雰囲気が悪くなったのを知ると、何度も頭を下げてそそくさと帰っていった。

夫は素知らぬ顔で見送っていたが、営業マンの車が見えなくなると振り返って私を睨(にら)んだ。

「俺の金で買ったんだ。なんか文句あるか」

なんと、逆ギレされてしまったのだ。なんということか、猛烈に情けなくなってくる。

でも、実はこんなことは珍しいことではなかったのだ。

結婚したときから相談なく物事が起きるということは度々あったから、営業マンから話を聞いたときに、だいたいの物事の筋道はよめた。だけど、さすがに今回はキャンピングカーという大きな買い物なのだ。退職して家にいる時間が増えたのだから、相談する機会なんていくらでもあったはず。しかも、あのワゴン車は去年、車検を受けたばかりだったし、タイヤだって二本新しいのに替えたばかり。それなのに勝手に売るなんてあまりにもひどすぎる。恐らく、黒いワゴン車の名義は正幸になっていたから、勝手に処分しても構わないと考えたのに違いない。そう思った。

ん、家族？

「私って家族だったのかしら」

気持ちがそこで止まってしまった。

ひょっとしたら、結婚したときから妻は使用人みたいなもので、いちいち話す必要なんかないと考えていたのではないか、自分の身の回りの世話さえしていればそれでいいと。そう思うと今までの行動の辻褄があったような気さえしてきた。

（そうか、私は家族じゃなかったんだ）

夫婦になったからとか、家族だとか、そう信じてきた自分が間違っていたようだ。夫は戸惑う私の気持ちなんか分かろうともせず、届いたばかりのキャンピングカーにうれしそうに乗るとどこかに行ってしまった。

私は腹立たしさが抑えきれなくなり、すぐに妹に電話してみた。

理子は「なんだかおもしろそうな話ね」とはしゃいで、「日曜日で暇にしていたの」と、笑いながら飛んでやってきた。

「だから言ったでしょう。ひどい話よね。義兄さんにはふつうの考えが通じないって。神経がどこか壊れているのよ。ねえ、姉さん。思い切ってこの際、離婚すれば。熟年離婚っていうやつよ。退職金、入ったんだからたんまり慰謝料もらって、縁を切ったらせいせいするんじゃない」

淡々と突き放したように言う。

「そうね、そうしようかしら」

今回ばかりはそれもいいと素直に同意する。

「でも、車がなくなって市役所に離婚用紙すら取りにいけないのよ」

と言うと、

「姉さん、頭を使いなさいよ。勝手に売られたのだから姉さんもあの営業マンに電話して適当な車をもってきてもらえばいいじゃない。それを義兄さんに払わすのよ」

何でもないようにつらつらと言う。なるほど、と頭の良さに感心した。理子は、（グッドアイデアでしょ）と言わんばかりに親指を立てて、笑っていた。

離婚して新しい車を買うか――。

そうか、そんな選択もあったんだ、と知ると高ぶっていた気持ちがやっと治まってきたようだ。

「姉さんだって愛情なんてとっくの昔にないって言ってたじゃない」

「……うん」

「ねえ、あの女とキャンピングカーで旅行でもするのかしら」

突然、妹は思いだしたくない話をさらりと引っ張り出してくる。その話はすでに消化済みのことだったのに。

正幸にはサラリーマン時代に付き合っていた女がいた、というか、いたようだった。はっきりと本人の口から聞いたわけではないけれど、現場を見たわけでもないけれど、だけど、私は感づいていた。

夫は昔から自分に不利なことがあると、うそぶくのが上手だった。だけど、ザツな性格で片付けができない男だったから、持ち物だとか、ゴミ箱に捨ててあった紙なんかから、おおかたの行動に察しがついたというわけである。でも、どのタイミングなのかは分からないけれど、あの女とは終わってしまったと感じていた。もっとも離れていったのは正幸のほうからではなく、女のほうからだったと思う。

その理由もなんとなくだけど分かっていた。

夫は長い間飲んできた酒の影響からだろうか、糖尿病を患っていたようだった。これも本人から聞いたわけではないけれど、リビングの机にポンと置いたままになっている薬袋や、毎朝、秘かにトイレで測っている自動血圧計から分かっていた。というのも、手首で測るタイプの自動血圧計の箱が捨ててあったからだ。

それなのに、薬を飲んだ感じがしないし、相変わらずビールは毎日、大きいのを三本飲んでいたから、本人に治療する気があるのかどうか、分からない。つまり、女と会ってもあっちのほうがダメになったから捨てられたのだと思っていた。

「キャンピングカーね。姉さん、これからどうするの」

妹がスマホのメールをチェックしながら聞いてくる。

「あんな義兄さんと暮らしていけるの？」

「そうね、まあ」

私はこの話にいささか疲れを感じはじめていた。何も考えていなかったわけではないけれど、もう終わりにしたかったのだ。

そのとき、グアンとエンジン音が響いてきて例のキャンピングカーとともに夫が帰ってきた。

家に入ると妹がいたのでハッとしたようだったが、すぐに冷蔵庫からビールを取り出すと、

「ちょっと走ってきたよ。あの車、思ったとおりさ。なかなかよかったよ。いい買い物をしたもんだ」

美味しそうに一口飲んで言う。

プイと怒って出ていったはずなのに、まったく気にしていないようで平然としている。このあたりからも腹立たしさを感じるけれど、もうひとつ、何がよかったのか、主語、述語がないしゃべり方をするのも気にさわる。

「そうだ、おまえも海が好きだと言っていたよな。今週末にでも子どもたちを誘って海ま

で走ってみないか」

笑いながら誘ってきた。夫から、どこかに行こうだなんて——。結婚してから初めてのことかもしれない。でも、子どもたちは絶対行かないと思う。なぜって聞かれても困るけれど私には分かる。

「これからは時間があるんだ。あの車であちこちに出かけるぞ」

うれしそうに眼を細めて言うが、誰も返事しなかった。

妹と目があった。どうしようもないといった顔をしている。

「じゃ、もう帰るから」

立ち上がった理子を玄関まで見送った。赤いパンプスを履きながら後ろ向きに、

「行くの?」

と聞いてくる。

「行くはずがないじゃない」

すかさず返事する。夫が勝手に買った車になんで付きあわなければならないのか、意味が全然分からない。あの態度はあまりにも私を馬鹿にしているとしか思えない。

その夜も夫はビールを飲みながらしきりに、キャンピングカーの話をしていた。私が返

事しようがしまいが、お酒が入るといつもこうだ。これも酒飲みの特徴なんだと今では十分すぎるほど分かっていたから、もうどうでもよかったのだけれど、会話がないのもしんどいので食器を片付けながら聞いてみた。

「あの車って、いくらするの？」

するとしばらくたって忘れたころに、

「少し負けてもらって三百万と少しだ。中古だが、安い買い物だろう。これくらいの金ならどうってことないさ。なんの問題もない」

「家のローンは？」

「大丈夫さ。何言っているんだ。これからは年金が毎月入ってくるじゃないか。死ぬまでだぞ」

夫は、そんなこともお前は分からないのかと、コケにしたような眼で私を見ると、アハハと笑って缶ビールをカチッともう一つ開けた。

「なんだ、ちっとも面白くねえな」

それまで見ていたテレビのクイズ番組に吐き捨てるように言うと、そばにあったリモコンを取った。チャンネルを忙（せわ）しなく次々替えて、結局はもとのクイズ番組に戻り、何事もなかったかのように笑いながら見ている。

私には、三百万というキャンピングカーが高いのか安いのか、よく分からなかったし、正幸の描く人生設計がうまくいくかどうかも判断できなかった。

分かったことは、黒いワゴン車が売られてしまったことと、これからも私と過ごしたいということ。それに、あのキャンピングカーで一緒に出かけるつもりだということだった。なんてこった、とんでもないと背後から睨みつけてみた。

それからひと月くらいがたった夜だった。

夫は自分の好きな野球チームが勝ったといって上機嫌でビールを飲んでいた。私は自分が食べた食器を洗うと部屋に入って、韓国ドラマを見ていた。

十時近くなって夫はお風呂に入ったようだった。

ザブザブとお湯の音が響いてきたので、そう思ったのだけれど、いきなりドスンと大きな音がして飛び上がってしまった。慌てて行ってみると、正幸が洗い場で倒れているではないか。

それからどう動いたかはよく覚えていないけれど、妹に言われて救急車を呼んだことは知っている。

ストレッチャーに乗った夫が『立ち入り禁止』とかかれた扉の向こうに運ばれ、私は看護師から待合室で待つように言われた。

明け方近くになって三階の集中治療室に移り、その前に説明があった。部屋に入ると、医師が座った机の向こうに数枚のレントゲン写真が貼られていた。何度も覗き込んでいたが、首を傾げて、

「どうもクモ膜下血腫のようですね」

と告げられた。そして私のほうを向くと、

「奥さん、アルコールを飲んだら熱いお風呂はいけないでしょう。なぜ止めなかったのですか」

と言ってきた。えっ、と思う。けれどそんなの絶対無理。言ったところで聞くような夫ではなかったし、逆に機嫌が悪ければ怒鳴られるだけだから。

医師は黙ってしまった私を気遣ってか話題をかえると、しばらくは集中治療室で絶対安静であることや、ある程度、回復したらリハビリを早々に開始することを告げた。

私は、ひたすら「お願いします」と繰り返し、頭を下げて頼むしかなかった。

結局、集中治療室にいたのは三日間だけで、意識がはっきりするとすぐに部屋を移され、同じ棟の七階に入った。

ここの北側の部屋からはカーテンを開けると、子どものころから見慣れた山が一望できた。ほっと安心できる癒しの景色だった。

三日に一回、私はタクシーに乗って洗濯物の交換に行った。

夫は私を見ると一瞬、ニコッとうれしそうな顔をしたけれど、すぐに目をつむり「そこに置いておいてくれ」と、とぎれとぎれに擦れたような声で言う。リハビリはすでに始まっていたけれど、左半身に麻痺が残った身体は歩くにはまだまだで、トイレに行くにも看護師がついて車椅子で移動しなければならないような状態だった。

一カ月ほどたった。

その日も洗濯物を届けて、帰ろうとエレベーターの前で待っていると、ソーシャルワーカーの田村さんから呼び止められた。

「少しご相談があるのですが、お時間いいでしょうか」と。なんだろう、と思いながら「はい」と返事すると、ナースステーションの隣の部屋に案内されて、ここで待っているように言われた。しばらくして、医師と看護師長、それに田村さんの三人が書類を脇に抱えて入ってきた。

「退院後のご主人様について家族様のご意向をお聞きしておきたいのです」

「はい」

と返事する。医師が言うには、これからのリハビリ次第で少しはよくなるかもしれないが、入院前のように自分でなにもかもができる状態に回復することは難しいだろうと言う。せめて、退院するまでに杖を使って歩けるようになればいいけれど、それも厳しいかもしれない。そのうえで、本人は家に帰りたいと言っていると知らされた。話の内容は十分に分かった。相手の反応が気になったけれど、

「あのう、たぶん夫の介護なんかできないと思います」

震えるような声で正直な気持ちを伝えた。

「それなら、どこかの施設に入るということになりますね。かわいそうですが、家族様ができないというのなら仕方ありません」

横から看護師長がすかさずに言った。施設か、と思った。

「まあ、この場ですぐに決めなくてもいいのです。退院までにまだ時間がありますから、

今日のことをふまえて家族様で相談してみてください」

沈んでしまった私を察してか、田村さんは明るい声で言った。

「時々、このような機会をつくっていきますから、考えをまとめていってください。話しあっていきましょう」

頭がクラクラしてくる。なにをどう考えていったらいいのか、さっぱり分からない。聞いた言葉を頭のなかで繰り返しながら病院の玄関を出たところで、私はやはり理子に電話をしてみた。いつもポンポンと言いにくいことを言われるけれど、でも困ったときに相談できる人は妹しかいなかった。

すると、最後まで黙って聞いていたが、

「だから言ったでしょう。姉さんに義兄さんの介護なんてできるの。オシメを何回も換えたり、ウンチの世話だってするのよ。赤ちゃんじゃないんだよ。排泄物だって大きいだろうし、それに強烈に臭いんだよ。それが毎日続くなんてそんな恐ろしいことできるの？」

「……うん」

「姉さんには無理だって。そんなの絶対できっこないでしょう。愛情なんてないしさ。愛がなかったらなんにもできないじゃないの。

この際、施設に入ってもらえばいいのよ。お金だっていっぱいあるんだから。それを使えばいいじゃない」

あっけらかんと答えを出してくる。聞いていて私も確かにそのとおりだと頷いた。施設に入ってもらえば、今までと変わらない生活が続けられる。それにずっと自分は我慢をしてきたのだ。それなのに、さらに永遠に介護をしなければならないのか――。考えるだけでゾッとしてくる。

妹の言うとおりだと思った。これからは夫が我慢する番だ。六十五歳でまだ若いけれど、こうなったのも止めるのも聞かずに、ずっと酒を飲み続けてきた自己責任だと。

「それにあのキャンピングカーだって売ればいいのよ。あんな身体になったんだから運転だってできないし、だいいち邪魔だよね。あそこにあるの。目障りでしょう」

私の心の中を見透かしたようにどんどん指示してくる。どれもこれもそのとおりだと思った。

「このままじゃ姉さんの人生、なくなるよ。それでいいの?」

電話を切る前にバサッと言われた言葉で気持ちが決まった。

私は、急いで病棟に引き返し、田村さんを探した。「また、改めて相談しましょう」と言われたけれど、でも、決めた。家に連れて帰るなんてできないとはっきり伝えておこう。空いているところならどこでもいい、施設を探してほしいと伝えておきたかった。

ナースステーションでは看護師たちが忙しそうに動いていた。

さっき相談した部屋は別の誰かが使っているようで、「使用中」という札がかかっている。そのとき、廊下のすみで夫らしき男性が車椅子に座っているのが見えた。そばには誰もいない。まさか、と思って眼を凝らしてみる。

ゆっくり足音を立てないように近づく。リハビリの途中なのか、それとも終わって帰ってきたのか、あるいはずっと置かれていたのか、よく分からなかったけれど、着ているパジャマの色と車椅子に貼られた名前で間違いなかった。何をしているのだろう、と思った。でも、様子がなんだかおかしい。背中が小刻みに震えて泣いているようだった。

だんだんと気温が下がり、日増しに冬が深まっていく。

十二月の街はカラフルな電飾で飾られ、普段見慣れた景色が魅力的に輝きはじめた。

クリスマスまであともう少しという頃になって、夫は三カ月近く入院していた病院を退院し、郊外のリハビリ専門の病院に転院することになった。そこには理学療法士や作業療法士、言語療法士らが大勢勤務しているそうで、もっとリハビリを続けて、元気になってから家に帰ろうということになったからだ。

先方の受け入れが決まったとき、私も隣にいた。けれど、夫には看護師長から説明してもらった。それで、夫もしぶしぶ納得したのだけれど、これには続きがあって、三カ月のリハビリ入院が終わると併設の施設に移ることになっている。その申し込み用紙のサインもすでに終わった。もちろん夫には伝えていない。

入所に関しては、長男、次男を呼んでそれぞれに「どう思う?」と聞いてみた。けれど、自分たちには仕事があるから世話なんかできない。気になるけれど関われない以上、お母さんの判断に従うしかないというのが返事だった。

リハビリが終わって施設に移ることは、どこかのタイミングで伝えなければならないだろう。どう言えばいいのか、気が重くなる。でも、どこかで話さなければならない。

病院の玄関に大きなクリスマスツリーが飾られていた。二人で待合室の席に座ってぼんやりと見ていた。病院の支払いも済ませ、世話になった職員たちにも挨拶して、次の病院に移るタクシーを待っていた。クリスマスツリーがあるだけで季節を感じ、普段の殺風景なロビーを華やいだ空気で包み込む。

ふと、去年の今頃は何をしていたのかしら、なんて思ってみた。

そうだ、妹や子どもたちを呼んで、みんなでチキンを食べようと相談していたっけ。すると、当てになんかしていなかったのに、みんなクリスマスには来てくれて、短い時間だったけれどすごく楽しかった。あれは恐らく理子が渋る子どもたちを説得して、来させたんだと思っていた。

それがまさか一年後にはこんなことになるなんて――。想像もしなかったことだ。人生って分からないものだとつくづく感じる。一瞬にしてガラリと生活を変えてしまう。

そのとき、車椅子に乗った夫が、「家にかえりたかったなあ」とボソッと独り言のように呟いたのが聞こえた。ハッとして顔を覗き込む。だけど私を見るとハッと我に返ったようにぎこちなく頬が緩んだ。

「ああ、分かっているよ、トイレも自分で行けないようじゃ情けないよな。しっかりリハビリして元のようになるから」

と笑った。この人ってこんな顔をしていたのかな、なんて思う。

不思議な気がした。呟いた言葉が私を責めるような言い方でなかったことにホッとしたけれど、（これでよかったのかな）なんて罪悪感を覚えた。だけど半身麻痺になったのはお酒をやめなかった報いだと考えると、この選択しかなかったと思う。

　例年、おせち料理は私が早い時期から少しずつ準備してきたけれど、今年は初めてデパートに注文したもので済ますことにした。

　妹は知人と年末から海外旅行に出かけていない。

　子どもたちは二人揃って、元旦に挨拶にやってきた。お昼に三人でテーブルを囲んでおせちをつついた。これがなかなか豪華で美味しかったけれど、料理の話ばかりして夫の話はほとんど出なかった。

　そんな元日も終わり、再び静かな生活が戻ってきた。

　リビングで掃除機をかけていると、妹から電話がかかってきた。忙しそうな口調で「いま、ひま?」と聞いてきたので、「うん」と返事すると、相談したいことがあるので、今からそっちに行くと言う。だから、「美味しいコーヒーを淹れておいて」と抜け目なく注文された。

　夫がいなくなってから私は時間を持てあますようになっていた。以前は毎日かかさず、掃除して洗濯していたというのに今は自分さえ気にならなければ掃除なんかしない。洗濯物だって、たまってから回す。食事だってスーパーのお惣菜で適当に済ましていたから、用事がどんどんなくなっていく。だから、おしゃべりな相手が来るということは格好の時間潰しでうれしかった。

三十分くらいして、途中のコンビニで買ってきたというシュークリームを持ってやってきた。カップを二つ、リビングのテーブルに置き、差し向かいに座って話をする。

「あいかわらず姉さんの淹れたコーヒーは美味しいわね。ホッとするわ」

理子は、両手でカップを包み込むように持つと一口飲んで満足そうに言った。

「ありがと。だって結婚してからずっとなのよ。コーヒー淹れるの。もう飽きるくらいなんだから美味しくて当然でしょう。それで相談ってなに?」

興味しんしんで促すように聞いた。妹はカップをソーサーに置くと真面目な顔になって、

「実はうちの事務所の近くにあった花屋なんだけれど、先月末で閉店して空き家になっているの」

「ええ、知ってるわ。珍しいお花がたくさんあったのに残念だわ」

時々スーパーの帰りに花を買っていたから、閉店したことは知っていた。なんでも店主が高速道路で起きた事故に巻き込まれて重体だったけれど、亡くなったと聞いている。

「その店だけど、私がテナント料を払うから、姉さん、そこで喫茶店をしてみない？」

「えっ」

喫茶店？　どういうこと？

「そこをリフォームしてコーヒーとサンドイッチだけの喫茶店をやってみない？　姉さん、サンドイッチなんか簡単にできるでしょう。ずっと主婦やってきたんだから、どうってことないよね」

毎度ながら、有無を言わせないような圧のある聞き方だった。できないことはないと思うけれど、と返事する。たくさんのメニューを揃えると負担になるだろうから、長く続けられるやり方で損をしないだけの利益が出ればいいから。これは天がくれた絶好のチャンスじゃないの、と言うのだ。確かに悪くない相談だと思う。

「私も事務所の近くに喫茶店があると便利だしね。横断歩道を渡った向こうの喫茶店はちょっと遠くて不便だったのよ」

コーヒーは何杯も淹れてきたから慣れている。だけど、人様からお金をもらうとなるとどうだろう、不安になる。

「できないわよ。私の料理なんかどこにでもあるような家庭料理なのよ。お金を頂いて食べてもらえるような、そんな立派な料理なんかつくれないわ。喫茶店は魅力的だけれど」

手を小さく左右に降りながら、そんなの無理、無理と笑って返事した。すると、妹はすかさず頬を膨らませて、

「また、始まった。姉さんのマイナス思考の考え。あの海辺のレストランでランチしたとき、このくらいなら私にもできるって自慢そうに言っていたじゃない。あれは嘘なの？」

強烈に言い返してくる。

「はあ、そうだっけ」

風向きが悪くなってきたようだ。

料理は嫌いじゃない。結婚してからそれしか楽しみがなかったから調理している間は時間を忘れて夢中になれた。どんなに手の込んだ料理も夫は何も言ってくれなかった、喜んでくれなかったけれど、唯一自慢できることだった。

「ねえ、姉さん、やってみたら。自分の人生を開くいいチャンスじゃない？」

理子の目がきらきら輝いていた。そして、身を乗り出して強くすすめてくる。

「大学時代の友人に幸子さんという人がいるの。彼女は認知症のお母さんを抱えて、この近くで暮らしているの。中心になって喫茶店はできないけれど、息抜きに手伝いたいと

言っているの。この話だって幸子さんが提案してくれたことなのよ」

そういって妹は、これにはお姉さんしかいないのだから、と力の入った眼で見ていた。

――喫茶店なんかできるかしら。

不安を感じるけれど一人でするわけではないし、なにより毎日が暇だった。

「姉さん、チャンスを逃してもいいの？」

切羽詰まったような声で聞かれ、とうとう「うん」と返事してしまった。すると、理子は「そうこなくっちゃ」と手を叩いてバンザイをしてみせた。


それから店は急ピッチでリフォームにとりかかった。

桜が咲いた四月一日をオープン日と決め、すべての準備をこの日に焦点を合わせて、いろんな打ち合わせが進んでいく。店の名前は三人で決めて『喫茶ラポール』にした。フランス語で信頼という意味だそうで、幸子さんの提案だった。

私は途端に忙しくなった。

初め、コーヒーだけは大丈夫と思ったけれど、代金をもらうとなると、途端に心配になってきて夜もろくに眠れなくなってきた。

妹に相談すると、知り合いに料理学校を定年した先生がいるそうで、特別授業として短期間の特訓を受けることになった。

私は時間を惜しんで料理の本を読むようになったし、テレビはグルメ番組ばかり選んで見て、忘れずに録画もセットするようになった。

その間に、幸子さんと店で使う食器を選んだり、接客のしかたを妹から教わった。

幸子さんは認知症のお母さんと二人暮らしだと聞いたけれど、すごくほがらかな人で、どちらかというと物事にこだわらない女性だった。でも、何度か打ち合わせしながら接しているとそれは間違っていたことに気づく。実はすごく繊細で、細かいことにも手を抜かない人だったのだ。だから、お母さんの介護にも手を抜きたくないと、勤務時間は、月曜日から金曜日までお母さんがデイサービスに行っている間だけということになった。

私は、幸子さんを見ていると時々介護というものが分からなくなってくることがあった。重労働で限りがなく、自分の時間を犠牲にしているようなイメージがあったけれど、幸子さんはそうではなく、できることに喜びを感じているようだった。それはきっと親子という愛情があるからだと思っていたけれど、一緒にコーヒーを飲んだとき、それが間違っていたことを教えられた。誰かに尽くすことで自分が幸せになれる、と言ったのだ。

なんかひどく胸に残るインパクトがあった。

三月下旬、転院した夫が施設に移る日が近づいていた。

どう説明しようか。思うたびにドキドキする。自問自答してきたけれど、喫茶店をやってみると決めた以上、もう引き返せないのだ。

きちんと伝えるしかなかった。


その週の土曜日、私は久しぶりに夫の正幸に会った。

少し痩せたような気がしたけれど、看護師からはご飯もきちんと食べていますし、リハビリも毎日続けているから大丈夫です、と聞かされた。

おかげで、杖をつきながらゆっくりと三十メートルほどの廊下を往復できるくらい歩けるようになったそうで、それは本当に良かったと安心した。どう話そうかドキドキしながら繕う言葉も見つからず、正直に伝えるしかなかった。

そして、夫に「駅前で喫茶店を開くことにしたので、もう少しここにいてほしい」と頼んだ。

夫は眼を丸くして一瞬、悲しそうな表情をしたけれど、小さい声で「それなら仕方ないな、待つよ」と返事してくれた。ほっとした。それまでの長く重い緊張感が抜けて、安堵感もあって瞼がウルウルしてきたのを感じていた。

四月一日。火曜日。快晴。桜が満開。

この日は生涯、忘れられない日になった。とにかく忙しかった。

朝、八時のオープンと決めていたので、午前四時には起きて六時に店に行った。すると、幸子さんはすでに出勤していてキッチンで野菜を洗っていた。

お母さんは昨日から週末までショートステイを利用することにしたそうで、今日は時間を気にしなくていいからと、すごく張り切っていた。

妹も七時にやってきて手伝ってくれた。

店で出すメニューはコーヒーとサンドイッチだけと決めていたのに、突然、「サラダもあったほうがうれしいね」というわがままな希望でオープン記念と称し、急遽追加になったので余計に忙しくなった。だけど、ありがたいことに一日中満席状態で、午前十一時頃には外で待つ人もできたほどだった。

私にすれば、なにもかもが初めての経験で立ち振る舞いもぎこちなく、会計にも慣れていなかったから、無駄な動きもたくさんあったように思う。午後六時をまわって予定どおり六時半で店を閉めたときには、みんな「疲れたぁ」と声が出てしまったけれど、歓声の声が上がったくらいだ。

ノンアルコールビールで乾杯して、家に帰ってきたのは、午後九時近くになっていた。すぐにソファに横になる。くたくたで、もう何もしたくない。ふと夫は毎日こんな調子で家に帰っていたのかしら、なんて思う。だから話をすることも面倒だったのかしら、と考えたけれど、今日は特別だったからそれは違うと打ち消した。喫茶店を開くと決めてから、何をしても新鮮で、心が弾み、あれほど時間を持て余していた日々が嘘のようだった。私は食事もとらずシャワーを浴びると、早々にベッドに入った。

一カ月もたつと仕事のリズムもようやくつかめだして、お客の入り具合とか好みなど、なんとなく分かってきた。仕事の段取りも格段によくなってきて、ますます気持ちは充実していた。

妹はたいてい一日に一回はやってきて、カウンター席でお決まりのカップでコーヒーを飲む。一人でやってきたり、あるいは仕事仲間らしい人間を連れてきたりしたが、来るた

料金受取人払郵便

新宿局承認

2524

差出有効期間
2025年3月
31日まで
（切手不要）

郵便はがき

160-8791

141

東京都新宿区新宿1－10－1

（株）文芸社

愛読者カード係 行

ふりがな お名前		明治 大正 昭和 平成 年生 歳
ふりがな ご住所	□□□-□□□□	性別 男・女
お電話 番 号	（書籍ご注文の際に必要です）	ご職業
E-mail		

ご購読雑誌（複数可）	ご購読新聞 新聞

最近読んでおもしろかった本や今後、とりあげてほしいテーマをお教えください。

ご自分の研究成果や経験、お考え等を出版してみたいというお気持ちはありますか。

ある　ない　内容・テーマ（　　　　　　　　）

現在完成した作品をお持ちですか。

ある　ない　ジャンル・原稿量（　　　　　　　　）

書　名			
お買上 書　店	都道　　　市区 府県　　　郡	書店名	書店
		ご購入日	年　月　日

本書をどこでお知りになりましたか?

1.書店店頭　2.知人にすすめられて　3.インターネット(サイト名　　)

4.DMハガキ　5.広告、記事を見て(新聞、雑誌名　　)

上の質問に関連して、ご購入の決め手となったのは?

1.タイトル　2.著者　3.内容　4.カバーデザイン　5.帯

その他ご自由にお書きください。

(　　)

本書についてのご意見、ご感想をお聞かせください。

①内容について

②カバー、タイトル、帯について

弊社Webサイトからもご意見、ご感想をお寄せいただけます。

ご協力ありがとうございました。

※お寄せいただいたご意見、ご感想は新聞広告等で匿名にて使わせていただくことがあります。

※お客様の個人情報は、小社からの連絡のみに使用します。社外に提供することは一切ありません。

■書籍のご注文は、お近くの書店または、ブックサービス(0120-29-9625)、セブンネットショッピング(http://7net.omni7.jp/)にお申し込み下さい。

びに私の耳元で声のトーンを落とし、

「顔がいきいきしているわ、以前の愚痴ばっかりだった姉さんは卒業したみたいね」

と冷やかされた。自分でも「これが生きているっていうことかな」なんて思ってみたりした。

そんなある日、一日中快晴だと言っていた天気予報が外れて、お昼を過ぎたころから暗くなってきた。いきなり雨が降ってきて、外を歩いていた人も慌てたように空を見上げながら足早に通り過ぎていく。
二、三人いた客も帰ると、私ひとりが店にいた。
妹は忙しいようで、昨日、今日と来ていない。幸子さんは天気が悪いというのにお母さんの通院日だそうで、今日は休んでいる。

「早めに店を閉めようか」

なんて考えながら食器を洗っているとカランコロンとカウベルが鳴り、男性が慌てて入ってきた。黒い大きなカバンを持っている。表面がかなり濡れていたので、私は急いで乾いたタオルを探し、差し出した。すると、顔をあげたその男性に見覚えがあった。

「どこで会ったかな」

なんて思い出そうとしたら、相手のほうから、

「あれ、本条さんの奥様ですか？」

びっくりしたような声を掛けられた。

「以前、キャンピングカーをお持ちしたときの営業のものです。ご主人様とは銀行に勤めておられたころから親しくさせていただいていました」

あっ、そうだった。その言葉で思い出した。男性はすぐに懐かしそうな笑みを浮かべて私を見た。あのとき、突然のキャンピングカーには面食らってしまって理性を失ってしまった。

「僕を覚えていてくれましたか？」

聞くけれど、名前までは、といいかけて名刺を渡された。

そこには、会社名と、営業部長、浪越昭雄（なみこしあきお）と書かれてあった。運んだコーヒーを飲みながら言う。

「僕はあれからすぐに岡山の営業所に異動になったのですが、あの日のことは時々思い出していました。車はどうですか。調子悪くないですか？」

聞いてくるので、多少のためらいはあったけれど、自分は一度も乗っていないと返事し

た。すると、「ほう、それは残念。どこか不都合がありましたか」とさらに聞いてくるので、さしさわりのない範囲で夫が入院し、今は運転ができない状態だと話した。

浪越は、そうか、といった雰囲気で聞いていた。

「あのとき、奥様はキャンピングカーをご主人が買ったことを知らなかったのですね。すごく怒っておられたので、どうしようかと思いましたよ。慌ててしまいました」

声をたてて笑った。

「すみませんでした。あなたが悪いわけではないのに嫌な思いをさせてしまいましたね」

軽く頭を下げると、相手は首を振りながら、

「とんでもないことです。奥様は聞かされていなかったのですから。では、あの車は売ったのですか？」

「いいえ、妹は処分したらいいと言いますが、まだあの場所に止まったままです。主人の病気が良くなって、もし帰ってきたら面倒ですから」

「はあ、そうですね」

「時々、エンジンをかけて回してはいますけれど」

「……そうでしたか」

浪越は何かを考えているようだった。

「それは販売した側からすると悲しいことです。でもご主人、車の契約するときにうれしそうに言っておられましたよ。『これで妻と海までドライブするんだ』なんて言って張り切っておられましたから」

「ご主人の病気がよくなって、家で生活ができたらいいですね」

フフフと笑ったけれど、そんなことを、と驚いた。

と言うが、ハッと気づいたように、

「それには奥様の介護がいるのですね」

慌てて訂正した。私は、「ええ」と頷いた。

「自分に妻はいません。いろいろあって別れましたから。だから、ご主人が奥様と海までドライブしたいと言ったとき、すごく羨ましいと思いましたよ。奥様を愛しているのだと思いました。でも、奥様はキャンピングカーを買ったことを知らなかった」

「……はい」

「みんないろいろあるものですね。一人は気楽でいいが寂しいときもある。家族っていったいなんなのでしょうかね」

浪越は、コーヒーを飲み終わると「また来ますから」とカバンを抱え、帰っていった。独身主義の妹だっていろいろあるようで、コーヒーを飲みながら大きなため息をついていることもある。迷いのない生き方なんてどこにもないんだと思う。みんな一緒。それなら自分だけ逃げるなんてできないな、と思った。

喫茶店の仕事にもすっかり慣れて、顔馴染みの客も何人かできたし会話にゆとりもできだした。毎日が、どんどん楽しく充実していく。

売り上げのほうはトントンで、経費を差し引くとどれほども儲かっていないが、経営者の理子はあまり気にしていないようで、「赤字にならなければそれでいいの」と笑った。それよりも自分の事務所の近くに美味しいコーヒーが飲める店があって、自分が食べたいものを作ってくれる人がいることに満足していたようだった。

だからといって、慣れてきた気の弛みだとは思いたくないけれどそれとも年なのか、最近、疲れやすくなったように感じていた。食欲もなくて、食べたいという気が全然わかないのだ。妹に話してみると、

「姉さんも若くないからね。ちゃんと健康診断受けているの？　役所からハガキなんかが

届くでしょう」

と聞く。

「いいわよ、そんなの。昔から健康だけには自信があるの」

大丈夫、大丈夫とガッツポーズをして見せた。

「変な自信ね。その言い方では行っていないのね。やっぱり困った人よね、早々に病院行ってみて。それで問題なければ安心でしょう」

眼を三角にして睨まれた。

だけど、その早く病院に行こうという理由がすごく勝手なことだったのだ。

「私には姉さんしかいないのよ。ズケズケ言える人。これが私のストレス発散だって以前にも言ったでしょう。だから病気にでもなったら困るのよ」

自分のため？　じゃ、私の体調不良はあなたのせいよ、と文句を言いたくなる。

「嘘よ。姉さんには元気でいてもらわないと。私、結婚しないから一人になると寂しい」

どこまで本心なのか分からないようなことを、平然と言う。

そんな理由で翌日、幸子さんに仕事を頼んで病院に行くことにした。妹はどこまでも私が信用できないらしく、自分の仕事を全部キャンセルしてまで最初から最後までついてきた。

診察と検査をした後、しばらく待って名前を呼ばれた。妹と一緒に聞く。

医者は私と妹の顔を交互に見比べた後、「どうもすい臓がんの疑いがあります」とゆっくりとした口調で言った。そして、「早いうちに入院したほうがいいでしょう」と付け足した。

どうも疲れやすかったのもそのせいのようだったし、食欲がなかったのもそうだった。時々お腹が張ったような感じもしたし、腰や背中が痛いときもあった。

考えてみればいくつかのシグナルは出ていたことになる。全然気づかなかった。そのとき、医者から告げられて一番に頭に浮かんだのは意外なことに夫の顔だったのだ。夫の「待つよ」と言った言葉が胸に響いてくる。

「これ、治りますよね」

私はおそるおそる聞いてみた。

妹もそこが知りたいと真剣な表情をしていた。

医者は黙ったまま腕を組んでいたけれど、レントゲン写真と検査数字を交互に見ながら、

「そうですね。なんとも言えませんが、すい臓がんはやっかいな病気ですからね。甘くみてはいけません。でも治らない病気ではありません。入院してさらに検査してみましょう。転移していないかどうかも調べないと。そのうえで必要なら手術も考えて薬や放射線治療

も検討していきましょう」

そういうと、安心させるように微笑んだ。ベッドが空き次第、入院する約束をした。

その夜、長男、次男を呼んで食事しながら病気のことを伝えた。

さすがに二人ともショックを隠せないようだったが、何度も大丈夫だと言ってくれた。困ったらいつでも連絡してほしいとも言ってくれたが、私は私で子どもたちに迷惑をかけたくない気持ちでいっぱいだった。

翌日のお昼、病院から早々に連絡が入り、一週間後に入院するように言われた。

癌になる人が多い時代なのだ。自分だけじゃないと考えると珍しく冷静でいられた。店に来る客のなかにもそんな人は幾人(いくにん)もいたし、治療しながら仕事を続けている人もたくさんいたからだ。これを知っただけでも、店をしていて本当によかったと思った。

私はずいぶん考えて、入院する前日、やっぱり夫には話しておこうと決めた。夫が自分のことをどう思っているかは分からない。一方的に施設に入れて恨んでいるのか、それとも会いたくないと言うか、不安だったけれど、心のどこかで正幸とは家族だと信じていたかったのである。

午前十時、施設の相談員と一緒にエレベーターで三階に上がる。

「本条さん、奥さんですよ」

トントンと軽くドアーをノックする。相談員は私に小さく会釈して、中に入るように目で促した。伝えておいたので夫は部屋で待っていたようだ。

リハビリ病院からここの施設に移るとき、私は来なかった。喫茶店の準備で忙しかったこともあるけれど、あえて用事を作って会わないようにしたからだ。文句とか愚痴とか、聞きたくなかったから。だから、初めて夫の部屋を見たのだけれど、想像していたよりずっと明るく清潔で、外の景色もよく見えた。安心した。

もちろん個室で入口にトイレと小さな洗面台がついている。

夫は横になっていたが、相談員が言うとゆっくり柵を握って起き上がりベッドの端に座った。

「おう、久しぶりだな。元気だったか」

微笑んだような顔だった。久しぶりに聞く声は優しい響きがあった。サラリーマン時代はお腹周りに脂肪がたっぷりついていたのに、それもとれて着ている服がダボダボに大きく見える。この服はずっと前に夫の誕生日に、私がデパートで選んだものである。肩の肉も落ちてしまったようで薄くなっていた。

相談員は部屋の隅に立って私たちを見ていたが、すぐに事務所から呼ばれて部屋を出ていった。私と主人が残された。

夫は頬をゆるめ、

「会いたかった」

と言ったように聞こえた。えっと思う。聞き間違い？

この日、夫はお酒なんか飲んでいないというのに、すごく饒舌で、毎日どんなことをして過ごしているのか、こちらからあれこれ聞くまでもなく次々にしゃべってきた。

ここでは自分がいちばん年若く、寝たきりの老人も多いと話す。認知症になって会話がつづかない人もたくさんいるし、ずっと夜中も廊下を歩いている人がいるというのだ。

私は時々頷きながら聞いていたけれど、どうしても帰るまでに確かめなければならないことがある。私の病気のことも――。

「あのとき家に帰れなかったこと、恨んでいない？」

思い切って聞く。

「ああ、そうだな。家に帰るつもりだったのに、ここに移されてそりゃ驚いたさ。でも、考えたら仕方ないよな。俺はお前が止めるのも聞かず酒ばっかり飲んできたし、ろくに家では話なんかもしなかったから。当然だよな。ここに来ていろいろ分かった気がしたよ」

「……」

「それに、こんな身体じゃ、いつ転ぶか分からないしな。誰かがいて介護してもらわないと危ないからな」

「……ん」

「でも夜がくると思い出していたよ。仕事から帰ってくると家の電気がついていて、リビングに入るとお前がつくった料理の匂いがして、それがどんなに幸せなことだったか、気づいたよ。当たり前じゃなかったことにな。そしたら無性にお前に会いたいとずっと祈っていたんだ」

祈る……？　そんな。

それを聞いて途端になんだかウルウルしてきた。

「ごめんなさい、あなたに相談もせずにこうしたことを」

「いいさ、仕方ないさ」

優しい眼をして私を見ていた。それから駅前で始めた喫茶店の話をした。始めるまですごく大変だったことやおつりを間違えて、お客にひどく叱られたことなどいっぱい話をした。

気がつくと夕食の時間がきていた。

結局、夫に病気の話は伝えられなかった。正幸もなぜ自分がここに来たかと、尋ねようとはしなかった。でも、それで構わないと思っていた。

職員に何度も頭を下げて、夫のことを頼んで施設を出る。

今度、いつ、ここに来られるかは分からない。約束なんかできないけれど、でもこれからは何度でも面会に来ようと思う。

明日、私は入院するけれど、玄関を出る前に営業マンの浪越さんに電話するつもりでいた。あのキャンピングカーはやっぱり売ってほしいと伝えよう。その代わりに、私が運転できて、車椅子も積めるような福祉車両を探してほしいと頼もうと思う。隣のシートに夫を乗せて海までドライブができるような車を。生きる場所が別々でも見る景色が一緒なら、どこかで寄り添っていけそうに思えるから。

ずいぶん、遠回りしたけれど、やっと夫婦になれたような気がしていた。

了

リメイク

私がまだ小さいときに父と母は離婚したから、私は母の母、つまりおばあちゃんに育てられた。

おばあちゃんは、いっしょに生活をはじめた頃から地べたに顔が着くくらい腰が曲がり、年寄りだった。でも、ものすごい物知りで世の中のことなら何でも知っていて、分からないことは何でも教えてくれた。

高校生になったとき、学校には内緒で家の近くの居酒屋で食器洗いのアルバイトをした。お金のことはよく分からなかったけれど、生活費はおばあちゃんの年金だけでやりくりしていたように思う。買い物なんか滅多にしないような生活で切り詰めた毎日だった。だから、欲しいものがいっぱいあったけれど、おばあちゃんに「もっと、おこづかいが欲しい」だなんて絶対に言えなかった。

おばあちゃんには口癖があった。

朝起きると、薄暗い座敷でいっしょにおりんを叩きながら仏様を拝んだのだけれど、拝み終わると、後ろに座った私を振り返って言った。

「物事に損得の駆け引きをしてはいけないよ」

「損得？」

「そうだよ、そんとくだよ。大事なことばさ。覚えておくといいよ」

ここに来てから毎日のように言い聞かされてきたけれど、でも、何度聞かされてもピンとこなかったし意味などよく分からなかった。そして、線香くさい手を私の肩に置いて、よいしょと、立ち上がると、

「まあ、そのうちに分かるさ、お前はまだ子どもだからね、仕方ないさ」

このケリのつけかたも毎回同じだった。

それと、おばあちゃんはあまり昔のことをしゃべらない人だった。

よく普通の年寄りが言うように、「昔はね」というような言い方をしたことがない。私もおばあちゃんに前のことなんか聞かなかったし、聞いてはいけないような雰囲気がしていた。それに聞く必要なんかなにもない。私には父も母もいなかったけれど、その理由なんかどうでもよかった。少し口うるさくて頑固なおばあちゃんがそばにいたから、大好きな

マンガの本やクマのぬいぐるみが買えなくてもちっとも寂しくなかった。

でも、なんとなくだけど分かっていた。おばあちゃんは人一倍、苦労して生きてきたことを——。


家の南側に六坪ほどの小さな畑があった。

ここは遠い昔に戦争に行って死んだというおじいちゃんの家の土地だったそうだ。けれど、おばあちゃんが一人になったとき、もらい受けたとか、そんな話をしていた。

おばあちゃんは曲がった腰を時々伸ばしながら、ここでいろんな作物を育てていた。

人参にほうれん草、大根に水菜など私なんかが名前を知らないような野菜を一年中、次々に収穫できるように。おかげで晩ご飯はご飯に味噌汁、それにもう一つの貴重なおかずは、ここで取れた野菜がほとんどで、毎日同じような料理ばかりが並んだ。だから、たまに肉や魚がお皿に盛られていると「どうしたん?」と聞いたくらい、びっくりした。

昼間は畑仕事をして、夜は簡単な夕食が終わると、おばあちゃんは押し入れから裁縫箱を取り出し縫い物をはじめた。

細い眼をさらに細くして針に糸を通し、丸いレンズの眼鏡を鼻に引っかける。そのたび

に絞り出すような声で、

「背がどんどん縮むんだよ、困ったもんだね」

これも毎晩、初めて言うような口ぶりで愚痴っていた。

この頃、家にはテレビなんかなかったから私は仕方なくおばあちゃんの横に座り、せっせと布を動かす指先を見ていた。いつから持っていたのか分からないような黒い足踏みミシンで、ほつれた上着の端を縫ったり、膝が擦り切れて薄くなったズボンは四角い当て布をつくって、まだ着られるように工夫していた。

たまに何かの都合でお金が入ると、知り合いのハギレ屋で安くて、かわいい生地をたくさん分けてもらった。それで私が着ていたブラウスやスカートも縫ってくれたのだけれど、同じデザインでも色や柄が変わると、魔法がかかったようにこうも印象が変わるのかと、不思議に思えたものだ。

小学校の四年生になったとき、おばあちゃんは私専用のお針箱を用意してくれた。といっても、法事かなにかでお供えの饅頭が入っていたお菓子の空箱に、針やハサミなど裁縫に必要な道具を揃えただけの簡単なものである。

だけど、どちらかというと私の性格はザツで、細かい作業を根気よく続けるというのはすごく苦手だった。すぐに飽きてしまって、あくびが出てきて、どうでもいいと思ってしまう。そのうちにだんだん眠くなってきて、他の事を考えだす。

でも、一枚のヒラヒラした布が形になって、きれいな服に縫いあがっていく様子はすごく感動的でおもしろかった。

九十歳の誕生日を迎えた翌日、おばあちゃんが死んだ。私が高校を卒業した春である。ずっと前から心臓がかなり悪かったらしい。死んだとき、医者がそう言っていた。おばあちゃんはそんな素振りなどまったく見せなかったけれど――。

その春から市内のホテルのレストランで正社員として働いた。本当はアルバイトのほうが気楽でよかったのだけれど、一人になってお金が欲しかったから正社員に応募したのだ。毎日、朝早く起きて身なりを整え、自転車に乗って出勤する。自分なりに頑張ったつもりだったけれど、一年で辞めてしまった。

なぜなら店長から、酒癖の悪い客にからまれたり、身体を触られたりするのも仕事のうちだと叱られ、そんなことは我慢できないと言ったら、「お前はクビだ」と怒鳴られてしまったからだ。生きていることが初めて嫌になった夜だった。

それから私は引きこもりになった。

太陽の明るい光がさんさんと降り注ぐ昼間に、外に出るのが怖くなったからだ。

何度か季節が入れ替わり、気がついたら再び春が来ようとしている。

その頃になって、突然焦りだした。

もともとわずかしかなかったお金がほとんどなくなってしまって、本当に生活に困るようになったからだ。電気代の支払いができなければ、灯りのない寒い部屋で一晩中、過ごさなければならない。考えただけでもゾッとしてくる。水道代だってどうする、ガス代だって払えなければ野菜はあっても調理ができない。

それで仕方なく夕方暗くなってから皿洗いに行った。高校生のとき、おこづかいが欲しくてバイトに行ったあの店である。

あのころ、店は居酒屋だったけれど、今は経営者が変わり、和食専門の店として営業していた。

屋号は『割烹のぼる』に変わり、初め「変な名前だな」と、クスッと笑ってしまった。

後になって知ったのだけれど、今度の経営者の名前がひらがなで『のぼる』と書くそうで、それから屋号をとったのだという。それを聞いてやっと納得できた。

面接に行ったとき、少し小太りの店長からは人の良さそうな雰囲気がしたし、顔見知りの従業員もまだいたから、続けられそうな雰囲気がした。告げられた時給はすごく安かったけれど、馴染んでいた店のほうが安心できたし、仕事の勝手も知っていたから決めた。

それでも生活のやりくりは大変で、欲しい物なんて全然買えそうになかった。けれど、おばあちゃんが残してくれた畑で野菜を作れば食べ物には困らないだろうと考えたし、取りあえずは電気代やガス代が払えればそれでなんとかなると考えたからだ。

バイトは火曜日から土曜日までの午後五時から十一時まで。日曜日と月曜日は休みにしてもらった。

人手が足らないときには、ピンチヒッターで頼まれるという条件はあったけれど、店長からは、そんなことは恐らくないだろうと言われた。私なんかがいなくてもなんとかなるだろうし、この従業員で十分回っていると聞かされたからだ。


半年がまたたく間にたった。

その間、ひたすら食器を洗いながら考えていたことは、高校生だったあのときから自分はちっとも成長していなかったということ。

歳だけは一人前に増えたというのに、精神年齢は止まったままで何も変わっていない気がする。周りが変わったのを、いかにも自分が成長したように思い込んでいただけかもしれない。

でも、こんな私だけれど、一人になったときから一生懸命に考えて生きてきた。ときには自分の愚かさに空しくなり、嫌になることもあったけれど、立ち止まる余裕なんかもなかった。

昼間はおばあちゃんが使っていた麦わら帽子をかぶり、畑で土地を耕し、野菜を植えた。時々額に手をあてて眩しそうに空を見上げる。ウーンと腰を伸ばし、おばあちゃんの真似をしてみる。

私は一人ぼっちになったけれど、この畑にいるとなんだか優しい気持ちに包まれた。おばあちゃんがそばから話しかけてくれるような気がしたし、それに背後から「寂しくても死んじゃいけないよ」と叱ってくれる声が聞こえたからである。

今日は日曜日。

灰色の厚い雲が空一面に広がり、昨夜から音をたてて激しい雨が降り続いていた。やむ気配なんか全然しない。この調子だと夜になってもやまないだろうと思う。

私は何もする気がせず、布団の中からじっと外を眺めていた。

トイレに行きたくなって仕方なく起きた。時計を見ると、十一時近くになっている。

洗面所で歯磨きをしながら、下半分が磨りガラスになった窓からぼんやり外を眺めていた。すると私がここから見ているのも知らないで、向かいの綾野（あやの）さん宅から髪の長い女性が出てきた。

あれっ、と思った。

「綾野さんちに、あんな人いたかな」

なんて思ったけれど、近所づきあいなんかほとんどしていなかったから自分の勘違いかもしれない。もっとも、どんな人が住んでいるのか関心なかったし、私が知らないだけかもしれない。

（こんな雨の中、どこに行くのだろう）

歯磨きの手が止まる。

ピンクの花柄のスカーフを首に巻いて、フレアースカートに淡いベージュ色のハーフコートを着ている。靴はヒールのあるパンプスのようだ。顔は半分、赤い傘に隠れていてよく見えなかったけれど、たぶんきれいにお化粧をしているに違いない。

（年は同じくらいかな、なんておしゃれな人なんだろう）

すぐにそう思った。するとますます目が離せなくなった。ゲロゲロとうがいをして、口の中の水をペッと吐き出す。

それに引き換え今日の自分の格好はなんだ。起きたばっかりとはいえ、何年も着古したトレーナーに茶色のダボダボズボン。比較もなんもならないじゃないか。まさに天と地の違いだった。

（あの人、あんなに着飾って誰に会いに行くのかな、デートかしら）

ちょっと想像してみる。

（いい匂いがするレストランで素敵な彼と待ち合わせておいしいものを食べるのかな。それとも二人並んでコンサートにでも行くのかしら）

どれもこれも私には縁のない出来事だった。一度も行ったことなんかない。なにかの用事でそばを通ったときに外から眺めただけ。それも昼間の体調がいいときに。同じ人間で同じ女なのにどうしてこうも違うのだろう。あの人はきっとお金に困ったことなんか一度もなくて、お腹が空いたという経験もないに違いない。毎日、楽しいことばかりあって、友達もたくさんいるに違いない。

そう考えると途端にツーンと胸が苦しくなってくる。苦いものがこみあげてきた。

こんな感覚を味わうのは一人になってから初めてのことじゃなかったけれど、だけど、今日は特別深い沼に引きずり込まれていくような虚しさを感じる。

（自分はいったい何をしているのだろう）

うっすら涙が出そうになった。

私がいるこの場所とあの人が出かけていくあの世界。近いくせにものすごい隔たりを感じる。私は一人で、これからもずっと一人なのだ。

「おばあちゃん、今日は出てきてくれないの？」

思わず、周りを見渡してみたけれど誰もいない。地面を叩きつける雨音がザアーと大きく響くだけだった。

午後も何もすることがなかった。

涙はもう乾いていたけれど、頭の中は午前中に見たあの美しい人のことでいっぱいだった。

雨はまだ降っていたけれど、少しだけ小降りになったようなので思い切って出かけてみることにした。

スーパーは恐らく空いているだろうし、ひょっとしたら早い時間から割引商品が並べられているかもしれない。そう思ったからだ。

スーパーに着いた。

案の定、店内の人影はまばらで、すでにお惣菜売り場では赤い割引シールが貼られた商品があちこちにズラリと並べられている。

私は二割引のお惣菜三品と半額の焼きそばパンを二つ、それに売り出し中のお菓子をいくつか買った。

レジで支払いをすませ、黄色いショッピングカゴからビニール袋に商品を移していたとき気が変わった。

(このまま、まっすぐ帰らずにリサイクルショップに寄ってみようかな)

なんて、気持ちが動いたからである。

そこにはマンガ本もあったし、雑貨品もある。服だってあったはず。安いのが一番いい。

あの女の人みたいな美しい服はないかもしれないけれど、でも、手頃な品が見つかるかもしれない。そうしようと思った。

左手にビニール袋を持ち、右手に傘をさして十五分ほど歩いた。

店の中に入ると、ここも空いていて真ん中のレジには中年の女性店員が暇そうに立っていた。荷物を左肘にかけなおして、店内をじっくり回った。

すると、どうだ、いいのがあった。

ハンガーにかかった水色のブラウスで、両袖が薄く透けていて、全体に小さな白い水玉模様が散らばっている。一目で「可愛い」と感じた。さて問題は値段だが、値札をひっくり返してみると、五百円と書いてある。安い。気に入った。思わずニッと笑ってしまう。これなら私にも買える。サイズはというと、Lサイズで少し大きいかもしれないけれど、いい考えが浮かんだ。

ブラウスのウエストあたりを少しつまんでタックを作る。こうするとダボついたウエストが細くなり絞まった感じになるだろう。裾も三センチほど切って着丈を短くすれば、小粋な感じになる。さらにあまった生地の端切れで細いリボンを作り、襟元で結べばエレガントな感じに仕上がるように思えた。

そう考えると途端に楽しくなってきた。なんだか身体が火照ってくるみたいだ。レジで支払いをすますと、再び傘をさして急ぎ足で家に帰った。よく分からなかったけれど、玄関の戸を開けたときも出ていったときとは違う空気を感じる。すぐに襖を開け、お菓子箱の裁縫箱を取り出し、足ふみミシンのカバーをはずす。糸をかける。そして、おばあちゃんの真似をして、細い目をして針に糸を通した。

私はお腹が空いていたこともすっかり忘れて、夢中になってハサミをザクザク動かし始めた。

玄関に置いたスーパーの袋のことなんか、頭の中からすっかり消えていた。

火曜日は雨もあがり、日中は気持ちのいい青空が広がっていた。

二日間かけて仕上げた水色のブラウスと、これに合わせて、一枚だけ持っていたグレーのスカートをはいてみた。スカートといっても、これもずっと前にリサイクルショップで買ったものだ。普段、私はジーパンとか綿パンツばかりはいていたから、スカートなんて何年振りだろうと、ちょっぴり恥ずかしく感じる。そのくせワクワクした小さな期待感が交差する。急いで窓ガラスに姿を映してみると、自分で言うのも変だけど、これが案外似合っている感じがした。

だから、思い切ってそのままの格好で、バイトに出てきたのだけれど、途中で不安になって引き返そうかと迷ってしまった。きっと店の従業員からは何か言われるだろうから、想像したらすごく怖くなってきたのだ。

けれど、普段から自分に関心を寄せる人間など誰もいない。話しかけてくる人もいない。私がバイトで勤めだしたときから、いてもいなくてもどちらでもいいような存在だったのだ。

こんな服でも大丈夫と、考え直してみた。

店までは普通に歩いて三十分。自転車なら五分あまりで着く。最近はずっと歩いて行っている。赤い自転車は去年、前輪がパンクしたまま放ってあった。そばを通るたびに「なおさなくちゃ」と思うのだけれど、自転車屋まで押していくのが億劫で、そのまま塀に立てかけていたからだ。

スカートの裾がゆらゆら動くのを感じながら軽快に歩く。久しぶりに針仕事をした疲れは残っていなかった。それよりも、五百円のブラウスが自分のイメージで仕上がったという満足感のほうが強かったから、こうして歩くのもすごく新鮮で気持ちよかった。むしろ晴れ晴れとした心地よさで、すれ違う人みんなが振り返って自分に見とれているような気さえする。

心臓の音が飛び出すくらいドキドキしていた。『割烹のぼる』の裏口から中に入る。ガチャガチャと食器の触れ合う音があちこちから響いてくる。

すると、なんでこうなるのだろう。

真正面に店長の奥さんが、野菜が入った段ボール箱を腕に抱えたまま立っているではないか。相手も私がバイトの本田祥子（ほんだしょうこ）だと分かったのか、眼を大きく開いたまま、こっちを見ている。眼が合ってしまった。

（しまった！　やはりヤバかったんだ……やっぱ、これ、変なんだ）

慌てて逃げだそうとしたけれど、でも、もう遅い。その場で「おはようございます」と頭を下げながら、小さな声で挨拶するのがやっとだった。上目づかいに奥さんを見る。相手は何も言ってくれない。それどころかコンクリートで固まった人形のように瞬きもせずじっと私を見ていた次の瞬間、

「どうしたの、その格好！」

馬鹿でかい声で叫んだのである。

普段から奥さんの声は人一倍大きかったから、どこにいても居場所はすぐ分かったし、聞こえやすかったけれど今日は違う。「そんなでかい声で言わなくてもいいのに」と、心の中で猛烈に反発する。

だけどその願いは届かず、

「珍しいわね。あんたがそんな格好するなんて。どうしたの、嵐が来るよ」

奥さんが私の頭から足までジロリ見たかと思うと、さっきと同じような調子でしゃべった。その言葉にあちこちに散らばっていた従業員たちが一斉に振り向き、こっちを見る。

「ほんとだ、今日の祥子ちゃん、いつもと全然違うね。別人みたいだ。急に女らしくなって誰かと思ったよ」

「でもいいよ。祥子さんにとっても似合ってる」

みんな「へぇー」と言いながら、こちらに集まってくる。(あっちに行ってよ)と、叫びたいのに声が全然出ない。それどころか猛烈に突き刺すような視線を全身に感じる。私はうつむいたまま何も言えず、黙って立っているしかない。なにより驚いたのは、みんなが私の名前を知っていたということだ。

そこに、騒ぎを聞きつけた店長が、「いったい何事だ」と叫びながら、慌てて店から飛び

出してきた。でも店長も私を見るなり騒ぎの内容が分かったようで、ほうーと大きく息を漏らすと、

「なにか、いいことでもあったのか、男ができたのか」

これまた奥さんに負けないくらい、でかい声で近寄ってきた。

「本田さんがブラウスにスカートだなんて、ここに来て初めてじゃないの。どうしたのよ」

「ひょっとしたら、誰かのプレゼント?」

今まで口なんかきいたことがない人たちが、矢継ぎ早に聞いてくる。みんな好奇心丸出しで、自分の仕事もほったらかしにして、しつこいくらい何度も聞く。

困った。どうしよう。

「祥子さん、そろそろ白状しないと今日の仕事、できなくなるよ」

奥さんが脅迫めいた言葉で詰め寄ってきた。

なんだかこの場から解放されそうになかった。

それで仕方なく日曜日、雨の中、リサイクルショップでブラウスを買って、縫い直してみましたと話した。

するとみんなは「へえっ」と言ったきり黙ってしまった。小さな沈黙ができた。どうし

たんだろうと不安に思ったら、

「祥子ちゃん、すごいね。こんなことができるなんて。見直したわ」

「本当だ、どこかのデパートで買ってきたのかと思ったくらいよ」

「こんな隠し技を持っていたなんて。ずるいよなぁ」

今まで聞いたことがない褒め言葉に、この自分が包まれていたのである。信じられなかった。とんでもないことが起きているとしか思えなかった。夢か幻か、これが現実だなんて、絶対に思えない出来事だった。

「それって、リメイクっていうことよ。今まであったものを作り直すっていう意味なの。私も縫い物ができるならやってみたいわ」

奥さんが小鼻をピクピク膨らませながら、自慢気にしゃべった。

——へえ、そうか、これがリメイク？　カッコイイ言葉だなと知った。

「さあさあ、この続きはまた後でね。仕事、仕事、みんな持ち場に戻って」

奥さんは両手をパン、パンと大きく笑いながら叩くと、その言葉でやっと解放された。

店長は店に戻るとき、途中もう一度こちらに振り向いて、

「祥子さん、可愛いよ」

なんて名前を呼びながら、右手でピースサインを作ってみせたのである。これにもおかしいくらいに驚いてしまって、思わず吹き出してしまった。

おばあちゃんが縫い物を教えてくれたおかげでみんなが喜んでいた。笑っていた。おばあちゃんはそばでちゃんと生きていると知らされた夜だった。

今までは時計が壊れているのかと思うくらい毎日が長かったというのに、台所の卓上カレンダーをめくったときには、「こんなに早く一カ月が過ぎたのは初めてだ」と驚いてしまった。

私はあれから休みになるのを待ちかねて、リサイクルショップを訪ねていた。そして掘り出し物を見つけると時間を忘れてリメイクした。

毎日がどんどん忙しくなり、楽しくなってきた。

気温が徐々に上がる春は、うっかりすると畑一面、草がはびこってしまう。天気予報も毎日チェックして、水やりをしなければせっかく植えた苗が萎(しお)れ、枯れてしまう。すると、すかさずおばあちゃんのしゃがれた声がして、

「なにをしているんだい、かわいそうじゃないか」

と怒られた。

店の従業員たちとはあの夜以来、すっかり仲良しになっていた。以前とは打って変わり、どんどんみんなは話しかけてくれるし、私もまだ気軽にというレベルではなかったけれど、以前ほど緊張せずに話せるようになっていた。

先週だって、食器の片付けやら洗い物で忙しくしていると、五つ年上の事務員の明子さんがそばにやってきて、あたりを見渡すと、声のトーンを落として耳元でささやいた。

「これ使わない？」

明子さんは上着のポケットから正方形の小さな箱を取り出し見せた。なに、と思って見てみると、

「これ買ったんだけれど、なんか気に入らなくてね。使わないからよかったらもらってくれないかしら」

そう言って取り出したのは、まだ透明なフィルムがかかった新品のファンデーションだった。

「この間のお礼じゃないけれど、ファンデーションはパウダータイプじゃなく、リキッド

タイプがいいと言ったのに妹が間違って買ってきたのよ」

「えっ、でも、これは」

「いいのよ、使ったことがないメーカーの化粧品は苦手なのよ。これでも敏感肌でね、あわないのよ。だからよかったら使ってみて。嫌だったら捨ててしまっていいからね」

そういうと私の左手に無理やりギュと握らせ口角をあげて笑うと、あっちに行ってしまった。

「はあ」と思った。

この間のことと言うのは、スカートのウエストが窮屈になってきたので、ホックの位置を少し右にずらしてほしいという依頼だった。その程度のことは造作もなかったので預かり、次の日には紙袋に入れて返した。

どうもそのことを言っているようだが、あのときはあのときで、たくさんのお菓子をもらった。今まで食べたことがないような珍しいお菓子もいっぱいあって、大事に少しずつ食べた。だからまたそのお礼だなんて困る。もういいのに、と恐縮してしまう。

渡されたファンデーションは、誰もが知っている有名なメーカーの商品で、ひっくり返すと、裏には表示価格で七千円と書いてある。「なんじゃこりゃ」と驚いてしまった。

こんな高い化粧品なんて今まで一度も使ったことも買ったこともない。だいたい化粧品と呼べるものが、自分にあったかどうか、それすら怪しいくらいなのだから。

おばあちゃんがまだ元気で畑仕事をしていた頃、高校生だった私は〝お化粧〟というものにすごく憧れたことがあった。雑誌に載っているモデルのように長いつけまつげをして赤い口紅を引き、大人の女に変身してみたかったのだ。

だけど、店で売っている化粧品はどれも高すぎて、自分のおこづかいで買うなんて到底できない。結局、その帰り道に寄った百円ショップで隠れるようにして買った記憶がある。それを引き出しの奥に隠しておき、おばちゃんがいない留守に取り出して、見よう見まねでお化粧してみた。

鏡の中の自分は、それなりにきれいになった気がしたけれど、部屋から出ていく勇気はなくて、結局はバシャバシャとすぐに顔を洗ってしまったのだ。

でも、明子さんがくれた高級なファンデーションは特別な魔力があるようで、こうして持っているだけで高揚感を感じる。自分が自分でなくなったようで、背中がシャンと伸びて、バラの香りに包まれた憧れの女優さんに近づいたような気がした。

横断歩道を渡って南に進み、最初の角を左に曲がると店の裏口がある通りに出る。

バイトは夕方の五時からだけれど、その日は五十分も早く店に着いてしまった。別に早く来るつもりなんか、まったくなかったのに仕方がなかったのだ。

前輪がパンクした赤い自転車は先週、やっと修理して久しぶりに快適に乗れるようになったというのに。

朝、洗濯物を干したときには曇っていたけれど、昼前から晴れてきたので気分もよくなり早めに家を出た。

そして、いつものリサイクルショップで新商品が入っていないかどうかチェックしてから出勤しようと考えていた。

だけど、途中からお腹がチクチク痛み出しなんだかこれはまずくなるような予感がしてきた。急いでそこから家に引き返し、トイレを済ませてからバイトに入ればよかったのに、それでは時間に間に合わなかったら困ると考えた。

それで仕方なく早く店に来てしまった。お腹のチクチクはピンチを脱し、なんとか治まってきたようだ。

角を曲がると三十メートルくらい先に、白い調理服を着た人が道の端に立っているのが見えた。

「あっ、調理場の森本さんだ」

すぐに相手が誰だか分かった。

「あそこで何をしているのだろう」

と思った。なんだか落ち着かない様子で、あっちに行ったり、こっちに来たりウロウロしている。その仕草が面白かったので、私は自転車から降りて立ち止まって見ていた。

森本さんとは挨拶はするけれど、話なんかしたことがない。いつも眉間に皺を寄せて忙しそうにしていたし、それに話しかける必要もない。それどころか、変なことを言えば怒鳴られそうな嫌な感じがしたからだ。

そんな森本さんなのに、なんと私を見つけると、「やあ」と叫んで右手を振った。

そして、大股でザクザクと近づいてくると、

「お前、バイトの本田さんだよな」

と聞く。低く太い声だった。お酢の匂いがプーンとした。

「……はあ、そうです」

思わず、こわっ、と感じる。私の名前を知っていたことにも驚く。しかもお前だなんて、

なんて失礼な言い方をする人だろうとムッとなる。なのに森本さんはそんな気持ちに気づきもせず、

「明日の午後、家にいるか？」

と、いきなり聞いてきた。

「……はあ」

なんだ、この人、と思ってしまう。

「ちょっとお前に頼みたいことがあるんだ。家に行ってもいいか？」

相変わらず眉間に皺を寄せたまま、もう一度尋ねてきた。その迫力に戸惑ってしまう。

――えっ、なんで来るの？

と、聞きたいけれど言葉が詰まってしまって声が出ない。

「じゃ、午後二時、行くからな。絶対、家にいろよ」

なんと強引に約束させられてしまったのだ。ひとことも「うん」と言っていないのに。

返事なんかしていないのに、相手はすでに来る気でいる。こんなの無茶苦茶だ。せめて、

「家、知っているんですか？　分から」

ないでしょう、と言いかけた言葉を遮って森本さんは、

「知ってるさ、綾野さんちの前の家だろう」

と、自分の言いたいことをサッサと言うとホッとしたようにやっと頬を緩めた。

「じゃ明日、午後二時だぞ。行くからな、約束したぞ。いいな」

森本さんはもう一度念を押すように語尾を強めて言うと調理場に入って行った。

途端に気分がドンと重くなってきた。

うわっ、どうしよう、と思ったら、治まっていたお腹がギュルギュルと猛烈に痛み出し
私は腹部を押さえて、慌ててトイレに駆け込んだのである。


昨夜はまったく眠れなかった。

起きてからずっと台所のテーブルの上の時計ばかり見ていた。温かいココアを一杯飲んだだけで、食べ物なんか全然欲しくない。

こんなことになったのもハッキリ断れなかった自分の不甲斐なさからだと分かっていたけれど、いくら考えてもひどい話だった。

そもそもこの家に、人が来ること自体珍しすぎるのだ。おばあちゃんがいた頃だって、近所の人がたまに寄るくらいで、「お客さん」と呼べる人種なんて、一度も来たことがない。

何をどうしたらいいのか、さっぱり分からない。

「こんなとき、お茶って用意するのかな」

そんなの考えるだけで気が滅入り、煩わしくなる。

店では森本さんの評判は悪くなかった。

彼の料理を目当てに、わざわざ遠方から訪ねてくる客も多いと聞いている。そんな人が私に用事があるという。思い当たることなんて全然ないのに。家だって、ひょっとしたらこっそり黙って後をつけていたのだろうか。それともどこかで住所を調べたのだろうか。

考えだすと薄気味悪くなって吐き気すらする。

午後二時きっかりに、ザクザクと足音がして森本さんが現れた。

玄関の鍵はかかっていない。ガラガラと戸が開く音がして、

「よおう、いるか」

例の愛想のない声で叫んでいた。

「……はい」

私は、こわごわと玄関に出る。

そこには店では見せないようなラフな感じの森本さんが立っていた。紺色のキャップを

被り、白いTシャツにジーパンという姿が眩しくて、なんだか私の印象まで変わった気がした。なにより、あの森本さんが笑っていたことにびっくりした。この人でも笑うことがあるんだと意外に感じる。

「失礼するぞ。お前もこのあと仕事だろう。俺も仕事だから時間がないんだ。手短に用件だけ言うからな」

来るなりなんて忙しい人なんだろうと思う。今日も一方的にしゃべられそうな雰囲気がする。台所で悪いかな、なんて思ったけれど、案外、気を使わなくても良さそうに思えたから上がってもらうことにした。それにここからは畑が見えたから、緊張感が和らぐように感じたからだ。

森本さんは、「おう」と返事をすると、キョロキョロ部屋のなかを見渡しながら台所に来て椅子を引いた。そして、帽子を脱ぎながら、ためらいもなく、

「おまえ、かなりのきれい好きだな。どの部屋もスッキリしてるじゃないか。物がねえな」

感じたままを遠慮なく口にする。

部屋がスッキリ片付いているというのはうれしいけれど、物がないという言い方はあまりにも正直すぎる。

「いいえ、お金がないから買えないだけです」

そう言い返したかったけれど、でもこれも昨日と同じで、言えなかった。

テーブルを挟んで二人、差し向かいに座った。こんな近くで真正面から森本さんの顔を見たのは初めて。私は慌てて視線を外し、立ってお茶の準備を始めた。コンビニで買ってきたペットボトルの緑茶を湯呑みに注ぐ。後ろで森本さんの、ふうと吐く大きな息が聞こえる。

「実は、俺んちは両親とおやじのおやじ、つまりおじいちゃんの四人暮らしなんだ。その熊吉じいちゃんが最近、やたらにオシッコを漏らすようになってよ。困ってるんだ。そりゃ、八十五にもなるんだから半分はみんな仕方ないと思っているけどな」

なるほど、そういう話だったのか。やれやれよかったとホッとした。つかえていたものがやっと取れた気分だった。

「きっと、おしっこが出る管が壊れているんだな。医者は『もう歳ですから』とか笑って薬はくれるんだが、これがさっぱり効かなくてよ。頼りになんか、なりゃしねえ」

森本さんは私が「どうぞ」と差し出した日本茶を受け取って独り言のように話す。

「街で売っているリハビリパンツってのは、もちろん履いてるさ。でもな、これがどういうわけか分からねえけれど、オシメはまったく濡れないのにズボンだけがビッシリ濡れるんだ。なあ不思議だろ。きっとオシメっていうのが本人には理解できないらしい。横からアレを出すから濡れるんだと思うよ。いくら説明してもダメなんだ。だから、ズボンは濡らすし、便器の周りだってビショビショになるし、たまったもんじゃねえよ」

そう言って、んーと唸り太い腕を組んだ。

「掃除しなきゃ次の人間がトイレ汚くて使えねえだろう。おやじもおふくろも家にいるときはかなりイラついてるさ」

森本さんは手ぶり身振りも添えながら、口をとがらしている。私も、うん、うんと頷きながら聞いていたけれど、そういえば、おばあちゃんだって似たようなものだった。おばあちゃんも、リハビリパンツとかを履いていたけれど、ふとしたときに風向きの具合かなんかでオシッコ臭いことがあった。

でも、自分でちゃんと履き替えていたし、パンツの後始末だってできていたから、私は年を取るとみんなこんなふうになるんだと特別不思議でもなんでもなかった。

けれど、森本さんのおじいちゃんの場合は少々違うようだ。

「そいでよ、おじいちゃんが眠ってから、内緒で家族会議を開いてよ、おやじとおふくろがどこかの施設に入れようと話しだしたのさ。その気持ち分かるよ。でもな、俺の本心は施設なんかにおじいちゃんを入れたくないんだ」

そう言って、はにかんだような遠い眼をした。へえ、と思った。いいとこあるじゃん。見かけよりずっと優しかったんだと思い直すと、急に親近感が湧いてきた。

「おやじもおふくろも学校の先生やっててよ、忙しいのは分かるさ。休みの日だって呼び出されることが多いし帰りも遅い。そんなふうだから俺、小さい頃から釣りに行ったり、山に登ったのもおじいちゃんとだった。だからよ、少々オシッコを零(こぼ)すようになったからと言って、施設なんかに入れたくないんだ。俺たち家族なんだぜ」

うん、うん、分かる、分かる、その気持ち。

やっぱりどこか自分と似ているような気がしてきた。森本さんの顔が急に男前に見えだし正義のヒーローのように感じだした。

「お前もそう思うだろう。小便なんかみんなすることだぞ。お前だって一日に何回もするだろ。逆にでなかったら困るだろうが」

「……はい」

そんな具体的に言わなくてもいいのに。独身の女性を前にデリカシーのかけらもない。

「そこでだ、お前、見かけによらず裁縫が上手だと聞いたぜ」

また毒を吐いた。

「見かけによらずは余計です。それに、お前、お前と何度も言わないでください。私には祥子というちゃんとした名前がありますから」

あっ、なんて強気なことを言ってしまったのだろう。こんなことが言える自分にびっくりした。でも森本さんは気になんかしていないようで、

「あはは、そうだったよな。ごめん。お前にも名前あったよな」

と笑う。

「そう言いながらいつかは施設に行く日が来るかもしれない。けれど、それまでは俺、ととことん頑張ってみたいんだ。料理でおじいちゃんの役に立ちたいし、おいしいものをたらふく食べてもらいたいんだ」

その言葉に嘘はないと思った。この人、本音で私にしゃべっている。ぶっきら棒で強引で少し怖いけれど、だけど、見かけと違って、すごく優しくて正直な人なんだと知った。

「それでだ。これ、おじいちゃんがいつも履いているズボンだけど、オシッコが漏れないように工夫することができないだろうか?」

「はあ、そんなことができるんですか？」

逆に聞いてしまった。

すると森本さんはすねたような顔になり、

「そんなの、できるかどうか知らねえよ。だからこうやってお前に相談に来たんじゃないか」

「はい、そうでした」

アハハと森本さんが笑った。私も笑った。空気が和んだような気がした。

「入れ歯はガチガチ鳴るし、食べるときはゴホゴホむせるし。でもな、仕方ねえだろ。年なんだし機械じゃねえんだから。そのうち俺もお前もそうなるさ」

そう言って森本さんは一口お茶を飲むと、キュッと顔を引き締め、テーブル越しに身を乗り出してきた。

「お前、なんとかできるよな。俺、洗濯なら何度でもするし、トイレ掃除だっていくらでもする。だから、オシッコが零れないように縫ってくれればいいんだ。それで家にいられるなら、俺、なんでもする」

優しいんだ、この人……ともう一度思う。

それにどこか私と同じで不器用なのかもしれないと思った。

「分かりました、できるかどうか分からないけれど、やってみます」

もう引き受けるしかない。

「おお、そうか、そうか、助かったよ。取りあえず、替えのズボンも含めて三枚、ここに置いておくからな。恩にきるぜ、祥子」

そういうと森本さんは紺色のキャップを被り、せかせかと帰っていった。

テーブルの上には麻袋が置いてあった。

さて、どうしたものか——。

ノリで引き受けてしまったけれど、どう縫ったらいいのか見当もつかない。この時点で私は大きな溜息をついてしまった。人生って、どうも後悔の連続で繋がっているみたいだ。

ズボンは袋の中にたしかに三枚あった。

（おばあちゃん、これ、どうしたらいい？）

私は、あちこちひっくり返しながら考えていた。

一週間が過ぎた。

でも時間ばかりが過ぎて、いい考えなんかまるっきり浮かばない。やっぱり素人の私には無理だったようだ。いささか焦ってきた。これでは申し訳ないけれど森本さんに頭を下げて、正直に「私にはできませんでした」と謝るしかないだろう。そのときだった。「これ、履いてみようかな」なんて考えついた。

急いで、綿パンを脱ぎ、預かったトレーニングパンツの一枚を履いてみる。そのままトイレに行って、男の人がオシッコをするようなポーズをとってみた。すると、なんとなくだけど、ひらめいたものがあった。男の人と女の人では位置が違っていたことに。では、オチンチンがあたる前の部分から、お尻全体を包み込むように生地を厚くしたらどうだろう。もう一枚布を当てるとか、それとも服の裏地のように吸収できる素材で覆ったらどうなるかしら。

要するに問題は尿がこぼれなければいいのだ。森本さんは何度でも洗濯すると言ったしトイレ掃除だってすると言ったのだ。だから服が濡れても、床が汚れなければなんとかなるかもしれない。

次の日、手芸店でスポンジシートを買ってくると、まずパンツの前部分にシートをあててみた。さらに、腰全体を包み込むようにシートを広げ、待ち針を打った。あとは自分の経験と勘を頼りに一気に仕上げればいい。

三日後の夕方だった。

森本さんを探すと、調理場で店長と一緒に忙しそうに鍋を動かしていた。私が店の入口に立っていることに気づくと手を止めて、こちらにやってきた。

「よう、祥子、その顔ならできたようだな」

と聞くので、私はすごく不安だったけれど「うん」と頷いた。

「なんとか仕上がりました。自信はないけれど。試してもらってください」

両手で顔を隠しながら袋を差し出すのが、やっとだった。

「そうか、よかった。さっそく帰ったら試してみるからな」

それから、どんなふうに仕上げたかを簡単に説明したあと疑問に思っていたことを聞いてみた。

「あのう、ひとつ聞いてもいいですか?」

「なんだ?」

「森本さんはどうして私の家を知っていたのですか?」

ずっと心に引っかかっていたことである。

「そんなことか。それは俺の連れが畑仕事をしているお前の姿を見て珍しがっていたからさ。それで教えてくれたんだ」

「俺の連れって？」

「絵里子さ、伊藤絵里子。お前も知っているだろう。ピアノの先生やっててさ、お前の家の前の綾野さんちの子どもにピアノを教えているんだ。いつだったかなあ、レッスンが終わって出てきたら、自分とそう変わらないような女が畑で仕事していたと言うんだ。それが珍しくて綾野さんの奥さんに聞いたら、教えてくれたそうだ」

なるほど、そういうことだったのか――。やっと腑に落ちた気がした。

でもそれって、ずっと前の雨の日、向かいの家から出てきたあの女の人が森本さんの彼女ってこと？　長い髪をして首にスカーフを巻いていた……。

そう気づくのに時間はかからなかった。

それどころか、そう言われればお似合いの二人って感じがする。

「あっ、なんかこの袋、白くなってねえか。シミも取れてる」

森本さんが突然、甲高い声を出した。

「余計なことかと思ったんですが、この麻袋洗ってみました、そしたら案外簡単にシミも取れました」

「へえ、そうなんか。お前、やっぱすごいな。見違えるほどきれいになったじゃないか。この袋、俺が小学生の頃からずっと使っているんだ。すごく使いやすくてよ。チョー便利なんだ。この礼は必ずするからな、ありがとうよ」

そう言うと、白い歯を見せて深々と頭を下げた。

（そうか、森本さんには彼女がいたんだ。当たり前だよな）

とつぶやく。

ぶっきらぼうで愛想がなくて、ずうずうしい人だけれど、心根は優しくて裏表のない人なのだ。だから、彼女の一人や二人、いてもちっともおかしくないのに、なんでこんなにガクンと落ち込んでしまうのだろう。自分でもよく分からなかった。でも分かっていたのは、まるでパンパンに膨らんだ風船にチクッと針を刺して途端にシュルシュルと空気が抜けていくような、そんな気分だということ。

この話はたちまち店中に広まった。

森本さんのおじいちゃんが、私がリメイクしたトレーニングパンツを履いてトイレの掃除が楽になったという話である。

それで、施設に入る話はいったん中止になったそうで、森本さんは顔いっぱいの笑顔で報告してくれた。しかも、しつこいくらいに、すれ違うたびに大きな声で「祥子、祥子」と礼を言うものだから、私も悪い気はしなかったけれど、とにかく恥ずかしくて、会うたびに下を向いていた。おかげで「祥子」と呼び捨てにされることにすっかり慣れてしまった。

夏がまた来ようとしていた。

今年も畑にキュウリやトマトを植えるつもりで、ホームセンターで元気がよさそうな苗を三本ずつ買ってきた。

キュウリの植え方についてはおばちゃんから教わったことがある。二週間くらい時期をずらしながら何度か植えていくと、夏の間、途切れることなくずっと食べられると。一日に、二、三本収穫できればそれで上等だったし、私一人が食べるには、逆に余るほどあった。

天気のいい日曜日の午前中。明子さんからもらった日焼け止めクリームをたっぷり腕や顔に塗って準備をする。

「この時期は紫外線が強いのよ、おばあちゃんになったらシミだらけの顔って嫌でしょう」

そういう明子さんは美容エステに関心が高く、将来は自分の店を持ちたいと夢を熱く語っていた。

いつだったか、明子さんを昼間、市役所の近くで見かけたことがあった。自転車の前かごに括り付けたタヌキの縫いぐるみで、すぐに誰だか分かった。そのとき、明子さんはすごく急いでいて私とすれ違ったことにも気づかなかったという。

彼女は常にシミ対策をしていて、そのときにも真っ黒いサンバイザーで顔を覆い、おまけに黒いマスクをしていたから、まるでカラスが自転車に乗っているみたいでおかしくて笑ってしまった。

明子さんとは年が離れていたけれど、ずっとおしゃべりしていても気が張らなかったし苦痛にも感じなかった。これを友達と呼ぶのかどうかは分からなかったけれど、私にとって生まれて初めて気兼ねなく相談できる唯一の人になっていた。

時々リメイクも頼まれた。

内容はどれもたいしたことではなかったから負担にはならなかったけれど、渡された服はどれも安い物ではなかったようだ。いくらするのか見当もつかないような高級品ばかりで、生地もいいものを使っていた。

そのリメイクのお礼の品はいつも決まって、珍しいお菓子と高級な化粧品なのだ。

そのころ、給料も上がって貯金はできなかったけれど、以前のように生活に困ることはなくなっていた。おかげで、化粧品もそんなに高くなければ買えないことはなかったけれど、エステティシャンを目指す明子さんがどんな商品を選んで普段使っているのか、知るだけでも勉強になった。

日焼け止めクリームを塗って、汗拭きタオルも首に巻いて、おばあちゃんの麦わら帽子もかぶった。

準備、バッチリである。

畑に出る。陽ざしが強い。すぐに太陽のほてりを全身に感じる。

(おばあちゃんは酢の物が好きだったな)

ふと思い出す。それも、お酢をドボドボ入れて顔がしかむくらいに酸っぱいのが。食卓には毎日毎日酢の物ばっかりあって、とうとう飽きて文句を言ったらすごく怒られた。

そんなことがつい昨日のように思い出される。だから、今年最初に取れたキュウリは強烈な酢の物にして仏壇にお供えしようと決めたときだった。

「あら、こんにちは、今日は畑仕事なの？」

背後からいきなり声をかけられた。

驚いて立ち上がると、そこにはあの人が立っていた。腰まで届くような長い髪がサラサラと風に揺れて光っている。アッと思った。

「あなた、祥子さんね」

その人は透きとおった声をしていた。

「そうです」

「わたし、伊藤絵里子です。あなたのことは拓郎さんから聞いていますわ」

「……はあ」

そうか、やはりこの人が絵里子さんだった。今日も首もとに薄いブルーのスカーフを巻いている。

「拓郎さんのおじいさまのトレーニングパンツを縫ってくださったそうね。おかげで施設に行く話はなくなったそうで、とても喜んでいましたわ。彼、何度もその話ばかりするものだから聞き飽きたくらいなのよ」

その人は、ウフフとおかしそうに声をたてて笑った。笑いながら彼女の視線が私の上から下、下から上へと何度も動くのを感じる。その表情はまるで品定めしているような冷たい動きで、思わず身体がこわばってくる。そう思ったとき絵里子さんの表情が変わった。

「でも、あなたがリメイクする理由って、本当はお金がないからでしょう。新しいものが買えないから、作り替えているんでしょう。違うかしら。私にはそんな無駄なことをする必要なんてないから、よく分からないけれど。あら、ごめんなさい。余計なことを言ってしまったようね。気にしないでね」

そう言って肩をすくめて微笑んだが、眼は笑っていなかった。それどころか鼻で笑われたような気がした。どういうつもりで「気にしないで」と言うのか理解できない。後を引く強い深みのある言葉だった。

（初対面なのに、なんてハッキリ物を言う人だろう）

森本さんも最初から強引だったけれど、でも絵里子さんのような雰囲気じゃなかった。

「でも、そうね、拓郎さんの場合は違うみたいだけれどね。彼のおうちはすごく大きいし、お金には困っていないはずだから、あなたとは別よね」

私はもう顔を上げていられなくなった。

ガタガタと身体が震えだし、その場に立っているのがやっとだった。

「あら、ごめんなさい。違うのよ、言いたいのは、あなたのリメイクは新品のお洋服に負けないくらいお上手だってことよ。そんなつもりはないのよ、勘違いしないでね。お仕事の手を止めさせてごめんなさいね」

そう言うと、手にした白いレースの日傘をさして、「ごきげんよう」と微笑むと行ってしまった。

唖然とその姿を見ていた。

(森本さんはあんな人が好きなんだ)

自分とは比較にならないくらい自信に満ちて堂々としている。しかもいい香りがする。ちょっとだけ森本さんのことが気になりだした自分だけど、なんて馬鹿な想像をしていたのだろう。自分が腹立たしく、みじめに感じてくる。

太陽に白く照らされた畑がグルグル回りだし、どんどん速度を上げた次の瞬間、パタンと真っ暗に閉ざされてしまった。

気がつくと、私は布団に寝かされていた。

窓ガラスの向こうがぼんやりとオレンジ色に明るい。

――ここはどこだろう。

うっすら眼を開けてみる。自分の居場所が分かるには少し時間がかかった。そこはおばあちゃんが寝ていた場所だった。まだ頭がボーッとする。あちこち見ていたら明子さんが見えた。

「気がついたぁ、分かる。わたし、明子よ」

「はあ、分かります」

「たまたまここに来たら祥子さんがいなくて帰ろうかと思ったの。でも、今日は苗を植えるって言ってたのを思い出したから、探してみたの。そしたら畑の真ん中でうずくまっていたから、びっくりしちゃった」

「すみません、ご迷惑をおかけしました」

「ううん、でも慌てちゃった。暑い中、畑仕事をするからよ。熱中症で死んじゃったかと思ったのよ」

「本当に、すみませんでした」

そうか、明子さんがここに運んでくれたようだ。申し訳ないことをしたと思う。また人に迷惑をかけてしまったようだ。本当に自分は情けなく、どうしようもない人間だ。

「いま、何時ですか」

慌てて聞く。

「夕方の五時よ」

えっ、夕方？　ではずいぶん長く眠っていたようだ。

「ちょっと休もうね。まだ顔が赤いようだし、それに寝ていたほうがいいみたい。店のほうには適当にもう伝えてあるから」

「ああ、助かります。ありがとうございます」

店にも迷惑をかけてしまった。

急いで起き上がろうとしたら、途端にクルクル目が回りだした。

「あっ、だめ。まだ、寝てたほうがいいってば」

明子さんは慌てて私を止める。少し怒ったように聞こえた。

そして、冷蔵庫の中からペットボトルの水を二本取り出すと枕元に並べて置いた。

「あなたが眠っている間にコンビニで買ってきたの。お弁当やサンドイッチも買ってきたから冷蔵庫に入ってる。気分が良くなったら食べてね」

そして、「これで帰るけれど、明日の朝に様子を見に来るから」と、付け足した。でも、私はかたく断った。大丈夫、大丈夫と。これ以上、誰にも迷惑をかけたくなかったし、それに今は誰にも会いたくなかったからだ。

明子さんは「分かったよ、無理しないでね」と言うと帰っていった。

それからしばらくの間、店を休んだ。

昼間、横になっているとカーテンを開けた窓からは水色の空が見えた。雲が風にまかせるように形を変えながら、西から東へ流れていく。

空を眺めることは、子どものころから好きだった。雲を見ていると心が癒され、いろんなことが想像できて飽きることがなかった。

時々空間を横切るように飛行機が飛んでいく。その高い場所には、どんな人が乗っているのだろうかと考える。会いに行く人がいて、着く場所には待っている人がいる。きっと眩しいほどの歓喜が満ち溢れているに違いない。そして、こんなところで寝ているだけの自分にこの先、生きていく意味なんてあるのだろうかと考える。ひょっとすると、こうして生きていることすら罪なのかもしれない。何一つ満足になんかできず、どれもこれも中途半端。このまま本当に生きていていいのだろうかと問う。

おばあちゃん、返事してよ。

この忘れられたような部屋に幸せなんか来るはずがない。なにも見えずにいた。

夏が終わりになって涼しくなり、やっと食欲も出だしたので、少しずつ起きられるようになった。

そのあいだ明子さんが何度も様子を見に来てくれたし、あの森本さんだって「俺がつくったとびきり上等のスタミナ料理だ」なんて豪快に笑いながら食事の差し入れを何度もしてくれた。ありがたかった。私のことを覚えてくれているだけで涙が出てきた。なによりうれしかったのは、身体を気遣ってか用事が済むと長居をせず、さっさと帰っていくこと。小さな心気配りも沁みた。

森本さんが、絵里子さんがここに来たことを知っているのかどうかは分からない。一切、話にでなかったし、私も言わなかったけれど、それでいいのだと思っている。これからも自分から話すことはないと思う。

また、身体がだるくなってきた。

今日は少し動き過ぎたのかもしれない。すごく眠い。いっそ、このまま永遠に眼が覚めなくても構わないとさえ思う。トイレを済ますと敷きっぱなしにした布団に横になる。静かに眼を閉じた。

祥子、祥子。

どこかで私を呼ぶしゃがれた声がする。

『祥子、起きなさい。もうじゅうぶん寝ただろう、そんなに眠ったら目が腐っちまうよ』

うっすら目を開けた。

――あっ、おばあちゃんだ。

どこにいたの。だけど身体が動かないの。もうこのまま起き上がれないかもしれないよ。

そう返事すると、おばあちゃんはムッと怒ったような顔に変わった。あっ、これがいつものおばあちゃんの顔だとうれしくなる。

『また、そんな甘えたことを言って。相変わらず馬鹿だね、お前は。なあ、祥子。世の中というのはね、たとえば走るのが速い人や遅い人がいるだろ。おしゃべりな人や無口な人がいる。お金持ちの人や貧乏人もいるだろ。いろいろな人がいて社会が成り立っているんだ。それが世の中と言うもんだ』

細い眼に、ギュッと睨みつけられていた。

『立場が変われば考え方が違うのが当然というものだよ。だから他人が言うことに一喜一憂しないことだね。いちいち気にしていたら、前には進めないよ。お前はまだそんなことも分からないのかね』

そう言うと、怒ったような口元がわずかに緩んだ気がした。

「おばあちゃん、わたし、どうしたらいいの？」

おそるおそる聞いてみる。

『そうだね、おまえは裁縫が好きなんだろう。誰よりも上手いじゃないか、みんなが褒めてくれたんだろう、だったらそれでいいじゃないか』

うん。そうだね。ちょっと考えてみる。

どんなに大切にしていた服でもゴミとして処分されることがある。けれど、おばあちゃんに縫い物を教えてもらったおかげで、少し直せば再び着られる服がたくさんあることを知った。

絵里子さんが言ったことは確かにものすごいショックだった。けれど間違ってなんかいなかった。そのとおりなのだ。私にはお金がなかったから縫い直すことで、ずっと着られるようにしてきた。図星だったのだ。正直に言われて落ち込んだ自分が弱すぎたのだ。

でも私は古着を新品の洋服のように作り替える術を知った。

（だったら、いつまでもこのままじゃいけないよね）

私はゆっくり上半身を起こすと、おばあちゃんを探した。

おばあちゃんは、「そうだよ」とでも言うように頷くと雲の中に吸い込まれていった。


『和食屋のぼる』に戻ってきてから三年が過ぎていた。

毎日、飽きることなくいろんなことがある。

ひとつ気になることが解決したかと思ったら途端に別の問題が起きる。そんなことの繰り返しで時間が慌ただしく過ぎていく。

まず店長の秋山さんが一年前の春に突然、店を辞めてしまった。知人の紹介で、売りに出されていた郊外の古民家を買い取ったそうで、そこでおしゃれなカフェを開くことにしたそうだ。みんなにはそう挨拶したけれど、でも知っていた。

それは表面上の理由で、本当は身体の調子がよくないらしい。健康診断でお腹あたりに悪い病気が見つかったというのが本当の理由だということを。郊外の古民家を買ったというのは事実だけれど、のんびりといい空気を吸いながら、治療に専念したいというのが本音らしい。みんなそれぞれいろいろあるものだ。

秋山店長の後を任されたのは、なんと森本さんだった。調理場にはほかにも何人かいたのに経営者から抜擢されたのは森本さんで、そう聞かされてみれば妥当な人選だったかもしれない。

そんなわけで森本さんは相変わらず口が悪く、そっけなかったけれど、すごく張り切っていた。

それと明子さんは去年の暮れに結婚して、一度、店を辞めた。けれど、すぐに離婚して店に戻ってきていた。

一緒に生活してみて、初めて相手の性格やら価値観の違いなどが分かったと言う。振り返れば、わずか三カ月ばかりの結婚生活だったけれど、明子さんはそんなこと全然気にしていない。逆に以前よりパワーアップしていた。これを機会に、もっとたくさんの美容資格を取って近い将来、絶対に店を持つんだと周囲に言いふらしていたくらいだから。

横で聞いていて、なんとガッツな人なんだろうと頼もしく感じるし、見習わなくちゃと力が湧いてくる。

私は店の仕事にもようやく慣れて、食器の片付けや電話の応対の他にも明子さんと一緒に事務を任されていた。

森本さんは、事務所に来るとよく声をかけてくれた。

たまにはまともな相談もあったけれど、ほとんどはどうでもいいような内容ばかりで、この間だって「祥子は深海魚を食べないのか」と聞くので、「そんなの欲しくないです」と返事すると、「相変わらず食わず嫌いだな」と、怒られてしまった。

だから逆に「森本さんは食べるんですか」と聞いたら「ない」ときっぱり言う。「なに、それ」って、文句を言いたくなる。

でも新しいメニューを次々考えて「客に出したら喜ぶかも」と提案してくるところは、さすがすごいと思う。

絵里子さんと森本さんが、あれからどうなったのか、すごく関心はあったけれど聞けなかった。あの日以来、絵里子さんは現れなかったし、綾野さん宅からもピアノの音は聞こえてこなかったからだ。が、二人はつかず離れずといった仲らしく、噂では絵里子さんは本格的に音楽の勉強をするためにドイツに渡ったと聞いた。

私はおばあちゃんとの約束を守って、仕事にもリメイクにも頑張っていた。時々会ったこともない人から、店の従業員を通して頼まれることもあった。

先日だって、少し年上の女性からジャンパースカートの直しの依頼があった。それは、交通事故で亡くなったお姉さんが着ていたチェックのジャンパースカートで、どうしても捨てきれないのだと言う。それをリメイクして自分が着れないだろうか、という相談だった。

いろいろ考えた末、思い切って真ん中で上下に切って、上はベスト、下はウエストに細いゴムを入れたスカートにしたらどうか、と提案した。これなら将来、体形が崩れても着られるだろうと思ったし、別々にも着られる。さらに、薄手のセーターやブラウスと合わせればスーツのような感じで長く着られるだろうと思ったからだ。

すると相手はすごく喜んでくれて、仕上がると一緒に写真を撮ったくらいなのだ。でもパチッと写真におさまりながら一番感激したのは誰でもない、この自分自身だったのだ。リメイクを続けていく自信がついたような一着だった。これでもう少し生きていけるとさえ、思ったくらいなのだ。

その年のゴールデンウイークは有給休暇も含めれば、最長十日間連続して休みが取れると朝のニュースで言っていた。

この間、『割烹のぼる』は休まずに営業することになっている。近くに新しい店が次々オープンして売り上げがかなり落ちていたからだ。

従業員は交代で休みをとることになっている。私は初めのほうでもらうことにした。けれど別にする用事もなく、出かけるあてもない。さて、どうしようかと考えていた。畑は野菜づくりから花壇に変わってしまっていた。私が食べる野菜ならスーパーの一人前と書かれた量で間に合ったし、それに割引のお惣菜を買うほうが経済的だと気がついたからだ。

おかげで玄関や台所のあちこちに花を飾ると、殺風景だった部屋がほっこりあたたまった感じになった。

この四日間の休みの間に、普段しない場所の掃除や片付けをすることにした。押し入れの奥や流し台の隅など、隅々までピカピカにすれば、ぐっと運勢が上がるかもしれないと思ったからだ。

すると、押し入れの奥の段ボール箱の中から、おばあちゃんの服が出てきたことには驚いてしまった。

両肩に大きな三角の肩パットが入ったコートだとか、派手なカトレアのような大柄模様の上着が三枚も出てきたのだ。あの滅多に物を買わなかったおばあちゃんが、いつ、どこで、こんなものを手に入れたのか、想像してみたらお腹が痛くなるほど笑ってしまった。そして、こんなの、一回でも着たことあったのかしら、なんて思ったけれど、どの服も色あせていて、ところどころ虫に食われ、ポツポツ穴も開いていた。さすがにこれはリメイクできそうになかった。かと言って、このまま置いておくのもどうかと思うし、捨ててしまうのも惜しい。

ではどうしようかな、なんて眺めていると、小さな正方形の生地を何枚かつくって、パッチワークのような感じでテーブルクロスにしたらと思いついた。ちょうど台所のテーブルは表面が剥げて、所々白くなっていたし、それを隠すにもちょうどいい。

思いつくといつもの癖で、居ても立ってもいられずさっそく作業にとりかかった。なんだか久しぶりにおばあちゃんが丸いレンズの眼鏡をかけて、いそいそと縫い物を始めたような気分になる。

そのとき、玄関で「祥子さーん、いる?」と呼ぶ明子さんの声がした。「いるよ」と返事すると、「コンビニで買ってきたレモンソーダー、飲む?」と聞くので、「いただきます」と大声で返事した。

私が畑で倒れたあの日以来、明子さんは以前にもましてここに来るようになった。来るたびに、「わたし、暇なの」と笑ったけれど、分かっていた。それは明子さんの優しさで様子伺いに来ているのだと。

久しぶりに飲んだレモンソーダーはびっくりするほど爽やかだった。スーッと喉を流れていく感覚もほどよい刺激だったし、レモンのほんのりとした香りもバツグンだ。

あのケチなおばあちゃんは炭酸飲料水が好きで、夏が来るとお金を計算しては買って飲んでいた。私にもガラスコップに半分くらい注いでくれたけれど、あの頃はゲプゲプしてあまり好きではなかった。

でも、今日、明子さんと飲んだソーダーは（こんなものが世の中にあったんだ）と思わせるほど美味で、格別の味わいだった。それはきっと私の味覚が変わったということだろうし、良くいえば、大人の仲間入りをしたということかもしれない。

「そうそう、コンビニで聞いたんだけど、秋にね、この近くにもう一軒、リサイクルショップがオープンするんだって。そこには家具も置くらしいよ」

「ふーん、そうなんだ」

そう言うと、明子さんは、ちょっとした情報でしょう、といわんばかりに小さくウインクしてみせた。

「へえ、それって、どこにできるの?」

聞いてみる。

「ほら、あのゴルフショップだった店のあとよ。長い間、『テナント募集』だなんて張り紙してあったでしょう。あそこだって」

そうか、その場所なら知っている。大きな字で張り紙を何枚もしていたあの店だ。やっと次の店が決まったらしい。

「最近は終活ブームだから今度の店も流行るわね、きっと」

そう私が言うと、

「そうね。店のお客さんもそんな話ばっかりしているよ。ねえ、オープンしたら一緒に行ってみない。なにか記念品、もらえるかもよ」

「ええ、行く行く」

明子さんはレモンソーダーを飲み干すと、ニコッと笑った。

少しずつだけど、この街も変わっていた。

馴染んでいた看板が取り外され、はでなライトがついた広告が張られた。ガソリンスタンドだった跡地にはおしゃれなホテルが建てられ、外国の方もたくさん歩いている。

私はすっかり一人暮らしに慣れて、化粧の仕方も覚えた。

明子さんに紹介されて付き合った人もいたけれど、だけど気ままに暮らしてきた自分には相手に合わすことができそうになくて、すぐに別れた。

そんな毎日のなかで、相変わらず生きる意味はずっと考えている。最後は変わらないことにも意味があると気持ちが行き着く。自分の周りが変わればそれでいいと思えるし、穏やかに過ぎればそれで十分だったたからだ。

「祥子、今いいか」

珍しくお客が少ない夜、事務所でレシートの整理をしていると森本さんがやってきた。なんか、吹き出しそうになるくらい深刻な顔をしている。この人にはこんな顔、似合わないのになあ、なんて思っていると。

「なあ、困っているんだ」

と口を開いた。

「……なんで」

と聞いてみる。主語がない言い方はいつものことだ。

「おじいちゃんのことだけど」

ほら、きた。こんな顔で私に話しかけてくるときはいつも例のおじいちゃんの話だ。森本さんはよほど心配でたまらないらしい。

「とうとう食べたものが喉を通らなくなってよ。ゲーと吐き出すんだ。今度こそヤバイかもしれない」

大きく息を吐きながら言う。

「本人もお腹は空いているようで食べようとするけれど、喉の奥で詰まるらしい」

「それは大変なことじゃない」

「そうなんだ」

森本さんは力なくしゃべる。

施設入所の話は途切れていたけれど、こんな調子では再び真剣に考えなければならないだろう。おじいちゃんは肉が大好物で毎日食べていたというのに、医者からは胃瘻（いろう）をすすめられているのだという。

「胃瘻って？」

「胃に穴をあけて直接、管から栄養を流し込むのさ」

「へえ、そんなことができるの、すごいね」

世間では当たり前になっているようだけど私は初めて聞く言葉だったから、びっくりしてしまった。でも「それって美味しいのかな」なんて思ってしまう。

聞くと、おじいちゃんは寝たり起きたりの生活らしくて、一日に何度かヘルパーが来て、オシメを替えてもらっているそうだ。

お風呂は週に三回、デイサービスで入っている。関わった介護員からは、そろそろ自宅での生活に限界がきているようだと相談されたそうだ。

人間は食べなきゃ生きていけない。体力も落ちる。森本さんは、ところどころ言葉を詰まらせながら真剣に訴える。

「俺が最高の食材で最高の料理作ってもよ、すぐにペッと吐きだされるんじゃたまらねえよ、なあ、祥子、どうしたらいいと思うか」

いつもの調子でうかがうように聞いてくる。と聞かれてもすぐに返事なんかできないし、見当もつかない。返事に困って、

「ねえ、料理をベタベタにするとか、小さく刻むとか、そんなふうにしてみたら」

思いつくままに答えてみた。

「もちろん試したさ。でもお前、そんなの見たことあるか。ドロリとした原型のない食事なんてあれが料理だと言えるか。宅配だって俺に言わせりゃ餌だよ。勝手にあてがわれる餌だよ」

「……ん」

ちょっと抵抗するような言い方だった。しかも森本さんの何かに火がついたようで口が止まらなくなった。

「食事っていうのはな、これが食べたいと思うときにそれを食べるのが一番うまいんだ。お茶漬けでも、うどんでもなんでもいい。本人が欲しいと思ったものを食べてこそ食事なんだ」

確かにそのとおりだと思う。

「祥子だってそうだろう。いま一番食べたいものを食べたときが幸せだろうが」

「はあ、そうです」

森本さんの口はもう完全に止まらなくなっている。顔が火照り、手ぶり身振りを添えながら必死で訴えかけてくる。ストレートに困っている様子がひしひしと伝わってくる。けれど、どうしたらいいのか考えが浮かばない。

休みの間、私は家にいて森本さんの話を考えていた。頭の中の半分は目の前のパッチワークをどうしようかと迷いながら。

作業は止まったままになっていた。見つけた服はオンボロで、しかも傷んでいたけれどそれを切り刻んだという行為に罪悪感を抱いてしまったからだ。無理やり引っ張り出し、勝手に作り替えようとした自分に疑問が湧いてきたのである。

おばあちゃんは心臓が悪くて死んだけれど、そんな気配なんか最後まで全然なかった。だから、医者から聞いたとき、へぇーと思ってしまったけれど、知っていれば、あれこれおかずの文句なんか言わなかったし、代わってあげられる仕事もいっぱいあったと思う。それなのに、さっさと死んでしまった。自分の弱みなんかちっとも見せず、愚痴もこぼさず。我慢強かったんだ、と改めて思う。

「こんにちは、いらっしゃいますか」

誰か来たようだ。

「すみません」

もう一度声がした。女性のようだった。

玄関に出て、少しだけ戸を開けてみる。

そこには、絣模様のワンピースを着て髪が半分白くなりかけた女性が立っていた。

ガラガラと今度は戸を全部開けてみる。

相手はすぐに親しみやすそうな笑みを浮かべて、頭を下げた。

――あれ、この人、どこかで会ったことがある。

すぐに思ったけれど、さてどこだったか、思い出せない。

「紺野富士子といいます。突然に来て申し訳ありません」

その人は今度は深く頭を下げて、あらかじめ用意していたらしい名刺を私に差し出した。

両手で受け取る。すると分かった。相手が誰だか繋がった。

――そうだ、この人は、私が行くあのリサイクルショップの人だ。

相手も私が気づいたことを覚ったようで、

「いつもご来店ありがとうございます」

帰り際にいつも言ってくれるあの穏やかな口調で言った。

「実はあなたのお噂は以前から聞いていました」

「あっ、すみません」

噂と聞いて、文句を言いに来たんだと慌ててしまった。けれど冷静に考えればそんな話ではないことくらいすぐに分かる。紺野さんはやはり、いいえ、と左右に小さく首を振ると、

「あなたにご相談とお願いがありまして、こちらに参りました」

と微笑んだ。

「はい」

なんだか玄関の立ち話で終わりそうにない雰囲気だった。だから、台所の隣の部屋に上がってもらった。でも部屋は狭いから、テーブルに広げた縫い物は否応なしに映るはず。するとと紺野さんは案の状、チラッと見ると、

「きょうも縫い物をされていたんですね。貴重なお時間にお邪魔して本当に申し訳ありません」

と、恐縮したように言う。

急いでお寺さん用に一枚だけあった座布団を仏間から持ってくると、どうぞと勧めた。

「実は、秋にもう一軒、近くにリサイクルショップをオープンさせることになりましたの」

言葉を選ぶようにゆっくりと話しだした。

そのことはすでに明子さんから聞いて知っていた。時代の流れに乗り会社がどんどん大きくなって儲かっているんだと想像していた。

紺野さんが相談にきた話というのは、新しい店には、『リメイクコーナー』を設けたいというのだった。

店で購入した服や家具を希望する人には安価で作り直して、いつまでも使ってもらえるようにしたいと。その洋服部門の責任者としてオープンと同時に来てもらえないか、という依頼だった。

「この私がですか？」

聞いてびっくりしたのは言うまでもない。飛び上がるほど驚いたし、ポカンとして言葉が出なかったほどだ。でも紺野さんはかまわずに続けて、

「そうです。ぜひお願いしたいのです。あなたの評判は聞いていました。最近は洋裁ができる人が少なくなりましたし、あなたのように作り直すことができるなら、捨てずに済む服がたくさんあるはずです。デザインの相談も受けていただきながら、その人に合う服に作り替えてほしいのです」

分かりやすい内容だったけれど、仕事はとんでもないくらい難しすぎる。

「でも、洋裁なんか習ったことないんですよ。素人ですし、亡くなった祖母が縫っていたのを横で見ていただけなんです」

そんなの無理だ。責任が重すぎて私なんかがする仕事じゃない。もっと他に適任者がいるはずだ。あれこれ理由を並べて断ろうとするけれど、紺野さんも必死のようで簡単には引き下がりそうにない。

「洋裁を習ったことがないと言われるのなら、どうでしょう。費用はこちらで負担しますから一度学校に行かれてみては。それなら自信もつくでしょう」

「はあ、そんな」

断ろうとするあれこれの理由に対し、紺野さんはなんでもないとばかりに余裕さえ漂わせてひとつひとつ答えを返してくる。最後のとどめの言葉がこうだった。

「あなたにできそうにないのなら、こうやってお願いになんか来ませんよ。これでもずいぶん考えてここにお願いに来たのですから。ですから一度、考えてみていただけませんか」

何度も頭を下げられて、同じ話を繰り返され「また来ますから」と言いきって、帰っていった。話の終わりにはすごい迫力があって玄関の戸が閉まると同時に、「はあ、疲れた」と座り込んでしまったくらいだった。

即、明子さんに電話してみる。

家にいるのを確認すると「相談があるの」と出かけた。もちろん、「どうやって断ろうか」という相談である。でも、明子さんは食べかけていたバニラアイスをひたすら食べ続けながら「これ悪い話じゃないよね」と笑って、「考えてみたら」と逆に言われてしまった。

ああ、みんな、なんで分かってくれないのだろうと、悲しくなる。

子どものころ、欲しくても買えなかった物も今は買えるようになった。

テレビもあるし、携帯電話も持っている。以前のように外が怖いという感覚もなくなった。だけど、明子さんのように将来、自分の店を持ちたいとか、大きな仕事がしてみたいという希望なんか露ほどもない。この平凡な毎日が幸せだと思っている。朝起きて家事を済ませ、店に行く。そこには、みんなが待っている。この普通の安定した暮らしの中で自分の好きな縫い物ができればそれでいいのだ。

紺野さんに誘われて新しい店に行くということは、大きなチャンスかもしれないけれど勝負でもある。リスクも中途半端でなく無限にあるだろう。

紺野さんが提示した給料からすると、手取り額は大幅に増えるはず。だけど、こんな自分が提案する服をいつも他人が喜んで満足してもらえるはずがないし、順調にいくとも思えない。

どう考えても適さない仕事だった。

この気持ち、森本さんだけには分かってほしいと強く思った。


このとんでもない事件が私にあってから、六月に入り突然、店は三日間の臨時休業することになった。

珍しいことである。どうも店長の森本さんの都合らしく、私にはなんの相談もなかったから、知ったときにはびっくりしてしまった。

従業員のみんなは思いがけない休みに喜んでいたけれど、それは売り上げに響くことである。そのことも分かっていながら森本さんは休みを決めたようだから、それなりの理由があるに違いない。

恋人の絵里子さんが日本に帰ってきているようだから、デートするのだと囁く者もいれば、結婚の準備らしいと噂する人もいた。

私には関係のないことだと分かっていたけれど、だけど気持ちは晴れず沈みっぱなし。

——突然の休みか。

こんな小さな変化にさえ戸惑ってしまう自分がいる。こんなことではこの先大それたことなんて絶対にできっこない。例の紺野さんの話のことだ。

広げたままになっていたパッチワーク作りを再開することにした。一度は後悔した作業だけれど、実用的に使ってこそおばあちゃんが喜んでくれるのだと考えが変わったからだ。休みの二日目の朝になって、突然、森本さんから電話がかかってきた。お昼ごはんをご馳走したいから、店に来てほしいという連絡だった。

それで森本さんがずっと『のぼる』にいたことを知って、久しぶりに気持ちが明るくなった。

でも、なぜ勤め先の店なんだろう、と思う。

他にもいっぱい食事できる場所はあったし、おしゃれなレストランだってあるというのに、どうして仕事場で食事しなければならないのだろうかと思う。不思議だった。

呼ばれた十二時きっかりに店に行った。

カウンターにはすでに四人前の食器が並べられていた。あれっ、と思って眺めていると、奥から森本さんと絵里子さんが二人並んで、しゃべりながら出てきた。やはり絵になる二人だった。私の身体が途端にキーンと固く縛られてくるのを感じる。

絵里子さんは背中の半分くらいまであった髪をバッサリ切って、ボブ調のショートヘアーになっていた。でも、それがとても似合っていて、ますますきれいに洗練された感じがする。

「祥子、びっくりしただろ」

「ええ、とても」

声が細く、震えてしまった。

「祥子さん、こんにちは。お久しぶりね」

絵里子さんの視線が森本さんから私に移り、微笑みながら挨拶してきた。以前に会ったことなどすっかり忘れてしまったみたいに。

そして森本さんは言った。

「俺、どうしてもおじいちゃんに、もう一度ご飯を食べてもらいたくて、ずっと考えていたんだ。思い切って秋山さんに相談してみたら、そしたら食材をとことん柔らかくすり潰して、それをもう一度、形に固め直したらどうかとアドバイスをもらったんだ。まあ、料理のリメイクってところかな。そうなると手間がかかるだろ。営業中にそんな時間なんか取れねえから思い切って休むことにしたんだ。それで今日がその試食会ってわけ」

ああ、そういうことだったのか。そうならそうと私にだけでも教えてくれてもいいのに。ちょっと怒りたくなる。

「毎日、おじいちゃんの体重が減っていくから気が気じゃなかったんだ。時間がないような気がしてよ。俺、かなり焦っていたんだ」

森本さんの気持ちはよく分かる。早く何とかしなければならないと考え続けていたのだろう。

絵里子さんは横で黙って聞いていたけれど静かに微笑むと、

「わたしもちょうど用事があって日本に帰っていたの。だから拓郎さんから聞かされたときには返事に困ってしまったの。だから秋山さんに相談してみたらと、アドバイスしてみたの。秋山さんも病気しているっていうから、きっといいお返事がもらえるんじゃないかと思ったのよ」

森本さんは、腕を組んでそうだと頷いている。

「そういうことで今日は皆様とご一緒させていただいてよろしいかしら」

絵里子さんが聞く。はいと、頷くしかなかった。

「献立、いろいろ考えたんだけど、以前、祥子に本人が食べたいものが一番のごちそうだと言ったことがあっただろ、あれで、逆に気がついたんだ。献立はおじいちゃんが一番食べたがっていたステーキに決めたよ。ついでにレンコンやかぼちゃの煮物もこしらえてみた。この味の感想も聞かせてくれ」

そう言って運ばれてきた料理は洋食と和食の変な取り合わせだったけれど、すごくいい香りがして、色合いもよく見るからに美味しそうだった。このときになって三人でいるという空気が重く感じ始めていた私は、遅れて明子さんがバタバタと入ってきたときには救われたようで、ホッとしていた。

ステーキはほどよい大きさの肉の塊だったけれど、力を入れなくてもスーと箸が入るくらい柔らかく、喉に引っかかる感じなんかまったくしない。まるでバニラアイスかプリンを食べているみたいにとろける。

「どうだ?」

森本さんが上眼づかいに不安そうに聞いてくる。

「すごいのね。見た目はどこから見てもステーキなのに、まるでお菓子のようね。食べてる感じが全然しないわ」

明子さんが隣で驚いたように言う。本当にそうだった。どこからどう見てもステーキなのに食感はデザートのようだった。これなら間違いなくおじいちゃんに食べてもらえるはずだ。間違いないとみんな頷いた。

「よかった。安心したぜ」

外に聞こえるくらい森本さんのデカい声が響いた。

「俺、これを作りながら考えたんだけれど、多分、おじいちゃんのような人が他にもたくさんいるんじゃないかとね。だから、この料理をこの店の特別メニューに加えてもいいんじゃないかと思ったんだ」

どうだろう、といった目で一人、一人の表情をうかがっている。もちろん、その意見に異論なんかない。みんな賛成に決まっている。

「そうか、良かった。ありがとう。明日はおじいちゃんの誕生日なんだ。この料理を食べてもらおうと思っている。俺、精一杯、頑張るからな」

森本さんは両腕でガッツポーズをすると、アハッハと大きな声で笑った。

絵里子さんも「わたしもピアノで懐かしい曲を弾かせていただくわ」と微笑んでいる。やっぱり並んだ姿は、どこからどう見てもお似合いだった。

それから、絵里子さんの話になった。

この街には四年に一回開催する『国際ピアノコンクール』というのがあって、その申し込みと準備のために日本に帰ってきたそうだ。でも、今週末には再びドイツに戻り、しっかり勉強するのだと言う。彼女はみんなの前で「一流になりたいの」と言いきった。

「一流ってなに？」

言っている意味がよく分からず、明子さんが聞き返した。私も分からなかった。

絵里子さんが目指す一流というのは、ピアノを弾く技術はもちろんのこと、精神も品格も女性としてのセンスも含めて最高を目指したいのだと言う。

そんなピアニストを目指しているのだと言うけれど、当然、それは限りなく厳しすぎて、落ち込むことばかりだそう。でも負けたくない。これからも勉強を続け努力していく。周囲にそう宣言することで自分に圧をかけ、引き返せない気持ちを奮い立たせているのだと言った。

絵里子さんらしい強気な考え方だと思う。自分が描く到達点に妥協なんかせず、乗り越えていく覚悟に溢れていた。芯の強さを感じる。そんな目の前の絵里子さんが大人すぎて眩しかった。久しぶりに会った彼女は、一段と強く、しなやかに生きるたくましさに溢れていた。

その夜、私は昼間の余韻が消えず、なんだか眠れそうになくて、おばあちゃんのパッチワークづくりを仕上げてしまおうと決めていた。

ガタガタ、ガタガタ、ミシンを踏む。

みんな迷いながらも試行錯誤を繰り返しながら次のステップに進もうとしていた。文句なくすごいと思う。

私は毎日呆れるほど生きる意味を考えて悩んでいるというのに、結論が出ないままに時間が過ぎていく。思考回路はもつれたままだ。

リサイクルショップの紺野さんはあれから何度もここにやってきた。同じ話を何度も繰り返し、私のような若輩者に頭を下げてくれた。気持ちが揺れ動いていた。

一度は手が止まったテーブルクロスだけれど、こうして触っているだけで、おばあちゃんの存在感が伝わってくる。

もう少しだ。頑張ろう。

「祥子、祥子」

――ん、

顔をあげると丸い眼鏡をはずしてこちらを見ているおばあちゃんがいた。

「あっ、来てくれたの」

でも、今日は笑顔なんかなくて厳しい顔をしている。そして言った。

『おまえ、覚えているかい。わたしゃ、お前にそんとくしちゃいけないと教えただろう』

「うん、覚えてるよ、でも」

『別に祥子のすることに反対はしないよ。お前はわたしが育てた子だからね。何があっても信用しているよ。でもね、大事なのはそれが損か得か、考えるんじゃないってことだよ。それよりも自分に何ができるか、考えるほうが大事だってことさ。人生、思いどおりに行くことなんか何一つないんだよ。それで当然なんだ。だからと言って諦めちゃいけない。考えりゃいいんだ』

「……うん」

おばあちゃんは時々、反応をうかがうような素振りでしゃべる。

――一生懸命に考えたら、いい案が浮かぶの？　乗り越えていけるの？

はっきり答えてほしい。

『あとは自分で考えな。自分の人生なんだからね。後悔しないように責任をとりな。お前をいつでも信じているよ。そうそう言い忘れるところだった。わたしゃ、もうここには来ないからね。これでも忙しいんだ。こっちにきてまでお前の面倒なんかいつまでもみていられないよ』

「えっ、そんな、困るよ」

泣き出しそうになった。

すると、馬鹿だねと微笑んで、はずした丸い眼鏡をかけた。

『だったら、お前の面倒を見てくれる人を早く探すことだね』

ケラケラとさも面白そうに笑う。

『祥子、いいかい、自信をもって生きてごらん、きっと見たことがない世界が待っていると思うよ、じゃね』

おばあちゃんは大きく両手を振りながら、ゆっくりと消えていった。

(見たことがない世界？　私に見えるかな。そんな世界……)

窓ガラスの向こうがうっすらオレンジ色に明るくなってきた。夜が終わって、新しい朝がきたようだ。

私は椅子から立ち上がると、うーんと両手を伸ばし思い切り背伸びをしてみた。心地よい疲れを身体のあちこちに感じる。

そして、できあがったばかりのテーブルクロスを広げ、静かに置いてみた。

少し後ろに下がり、離れた場所から見てみる。

やはり思ったとおりだ。部屋の雰囲気も華やかになって、すっかりこの家に馴染んでいる。新しい世界に続く魔法の扉が開いたような気がしていた。

了

燃える秋

「ああ、もっと元気が出るような美味しいものが食べたいねえ」

食事を作ってもらったという感謝のかけらもなく、母親の伸江(のぶえ)はずけずけと言いたいことを言う。当然、こんなことは初めてじゃない。もう慣れているはずなのに、なんと可愛げのない老人かと腹が立ってくる。

家にいると気が滅入ってくるので、美紀(みき)は買い物に出かけることにした。

「美味しいものって、なんなのよ」

三度の献立を考えるだけでも大変だというのに、あの言い方はないんじゃないの。考えれば考えるほど憎たらしい。

二時間ほどあちこちの店をぶらついて帰ってきた。けれど、伸江はまだベッドに横になったままだ。すっかり習慣になってしまったお昼寝タイムである。時計を見ると三時前だった。夕食の準備をするにはまだ早すぎる。

音をたてないように品物を片付けるとコーヒーを淹れ自分の部屋に入った。三年前に伸江が脳梗塞を再発してから、様子がすぐ分かるようにと、自分の部屋を二階から隣の六畳間に移した。

北向きのレースのカーテンを開けると水色の大きな空が見える。

――この空の向こうに西野さんがいる。自分の知らない街でどんな顔で、どんな服で、歩いているのかしら。

思いをはせてみるが、もちろん返事なんかない。美紀はコーヒーを飲み干すと、カップをテーブルの端に置き、引き出しの奥から白い封筒を取り出した。そおっと広げてみる。懐かしい文字が眼に飛び込み、ひとつひとつの言葉が胸に浸みてくる。西野浩平（にしのこうへい）が日本を発つ前にもらったもので、何度も何度も読み返してきた手紙だった。

ロンドンか――。遠いなあ、彼がいなくなって、はや一年が過ぎようとしているのに、いつまでもこうして彼を思い続けている自分が情けなく感じる。

彼とはもう終わったの。自分に言い聞かせるように口にしてみるけれど、これで本当によかったのかどうか。幾度となく自問自答してきたことだ。いいえ、間違ってなんかいなかったと信じる。

美紀は深いため息を漏らすと、再び丁寧に折りたたんで、そっともとの場所にしまった。

そろそろ母を起こさなければ――。

あの人には私しかいないのだから。こんなことで負けちゃいけない。

気分転換に一緒に散歩に行こうと思った。


西野浩平との出会いは衝撃的だった。

いまでもそのときの彼の表情も、仕草も、言葉も全部はっきりと覚えている。

あれは、母が入院していた頃のこと。

母は若い頃、小学校の音楽の教師をしていたが気丈な性格で、他人にも自分にも厳しい人だった。だから、病気になって思うように身体が動かせなくなったもどかしさから、夜になると布団の中で声を偲ばせ泣いていた。そんな別人のような姿になった母を見るのが辛くて、どうしたらいいのか悩んでいた。

そんなとき、たまたま出会った知人から、「身体にいい美味しい水があるの。飲んでみたら」とすすめられたのが、愛媛県西条市の湧き水だったのである。

高松からだと高速道路を利用して片道一時間半あまり。石鎚山系から流れてくる伏流水が街のあちらこちらから湧き出ていて、冷たく清らかで、一年中涸れることはない。水音だけが静かに響いてくる街は予想以上に優しかった。

ポリタンクに水をたっぷり汲んで、車に積もうとしたとき、その重さに思わず顔をしかめたら、

「よかったら僕がお手伝いしましょうか」

すぐ横で声がした。

驚いて振り向くと、そこには口元に笑みを浮かべた男性が立っていた。

「えっ、でもありがとうございます、大丈夫ですから」

急いで断ろうとしたが、

「いいえ、遠慮はいりませんよ」

そう言うと、男性はなんでもないとばかりに地面に並べた五つのポリタンクを次々と、トランクに乗せてくれたのである。

季節は夏の終わり。彼は額にうっすらとにじむ汗を片手で拭いながら、自分は松山から来たとしゃべりだした。名前を尋ねると西野浩平です、と少し照れたように返事する。仕事は自動車会社のエンジニアをしているそうで、今日は休みなのでドライブがてらに水を

汲みに来たと、こちらが聞きもしないことを次々としゃべる。どうりで、そばには形のいい赤い車が止めてある。

美紀は男性の話に頷きながら、初めて会ったとは思えないような親しみやすさと温かさを感じていた。母と私のありふれた会話からまったく違う話を聞くのは久しぶりで、新鮮な気持ちがする。

この出会いがきっかけでメールを交換するようになり、月に一度、ここで会う約束をした。後で聞いた話だが、初め西野が美紀を見かけたとき、なんだかひどく疲れたような顔をしていたそうで、このまま、ほうっておくとなんだか大変なことになりそうな、そんな予感がしたというのだ。

西野が仕事で高松に来たとき、その帰りに家を訪ねてきたことがあった。

いつもジーパンにトレーナーというラフな格好なのに、その日は紺のスーツに紫色のストライプのネクタイをしていて、初め別人かと驚いてしまった。でも、すごく似合っていて、ドキドキしてしまった。

彼はこの日も饒舌で、仕事のことやコーヒーの話やら、とにかくいっぱいしゃべっていた。

滅多にない来客に車椅子に乗った母も楽しそうに頷いて笑っていたが、いきなり、

「ところで、あなた家庭は？　奥さんや子どもさんがいるの？」

と、ぶしつけに聞く。

「あら、お母さん、そんなこと」

美紀が慌てて話をそらそうとしたが、

「なに言ってるんだい、お前も聞いておきたいって顔に書いてあるよ」

と睨まれてしまった。図星だった。西野は一瞬、言いにくそうにしたが、

「構いませんよ。大丈夫です。実は昔、僕には妻になる女性がいました」

「いました？」

やっぱりそうか、と思う。母は興味丸出しで、車椅子から落ちそうになるくらい身を乗り出して聞こうとする。

「本当はずっと思い出したくないと思っていたのですが、それがなぜでしょうか。今夜は自分でも不思議なんですが、隠す必要がないと言うか、お母さんには聞いてほしい、そんな雰囲気がするのです」

母は、そうだろうと言わんばかりに満足そうに頷いている。

「結婚式がもうすぐという頃でした。隣町に二人で買い物に行ったんです。そこで僕はセンターラインからはみ出してきた車とぶつかってしまって、交通事故を起こしてしまったのです」

「まあ」

「それで、彼女は」

「どうなったの？」

「即死でした」

「なんて悲しいことを」

母が気まずそうな声を出す。

「両親はそのことは終わったことだと結婚を勧めるのですが、僕はそんな気にはなれません。彼女をすごく愛していましたから。だからもういいのです。多分これからも僕は結婚しないと思います」

そうはっきり小さく笑いながら言い切った。

そうか、西野さんはまだ彼女を愛していて傷ついているんだと知った。

「辛い経験をされたのですね」

母がそう言って、話は終わった。

聞くとみんないろいろあるものだ。それぞれ大なり小なりの悩みを抱えて生きている。

気がつくと時計は午後七時を過ぎていた。

西野は慌てて帰っていったが、静かになった部屋で伸江はもらったばかりの葡萄を食べながら、

「残念だったね。あの人、もう結婚しないってよ」

ケラケラ面白そうに声をたてて笑った。


母が病気になったのは、自分のせいだと美紀は思っていた。医者は関係がないと慰めてくれたけれど、そうじゃない。

父が死んだとき、多額の借金があった。

母はずいぶん苦労しながら育ててくれたのに、あの夜、些細なことで激しい口論になり、血圧が急激に上がったようで、どこか頭の血管が切れてしまったようだ。喧嘩の原因は自分にあったというのに。歩けないような身体になったのは、自分のせいなのだ。だから、私は一生かけて償わなければならないと思っている。

でも、これからも西野さんと会える楽しみがあれば、母の世話だって、食事作りだって少しも苦痛じゃない。たぶん、手も握らなければ、お互いの身体を求めることもないだろう。それでも幸せだと思えるから。

西条の秋は燃えるように輝き、しなやかに揺れていた。

十一月の終わりの日曜日。

すっかり馴染みになった喫茶店で、海を見ながらコーヒーを飲んでいた。会わなかった時間を埋めるように、時間を惜しむように話をどんどんした。

店内には数人の客がいたが、なにかの待ち時間だったらしく、やがて帰っていった。代わりに店主の妹という人がやってきてレジ近くの椅子に座り、賑やかに話しこんでいる。

「気のおけない相手がいるっていいことだな」

ポツリと西野が言う。

「そうね、寂しくなんかないわね」

美紀もぼんやり眺めながら返事する。すると、それまで笑っていた西野の顔が急に真面目顔になり、「話がある」と言いだした。

「何かしら」

ちょっぴり不安を感じる。

今度、会社がロンドンにある自動車部品会社と業務提携をすることになったそうで、その責任者の一人として来月、イギリスに行くことに決まったというのだ。

「じゃ、もう会えないのね。今日でお別れなのね、そういうこと?」

泣きそうになる声を振り絞って聞く。

西野は首を大きく左右に振り、

「そうじゃないんだ。この前、君のお母さんにはあんなことを言ったけれど、君と出会って考えが変わったんだ。長い間、結婚なんてどうでもいいと思ってきたけれど、だけど、今は違うんだ。どんな些細なことでも君と話していきたいと思っている」

「……」

「自分勝手な言い方かもしれないけど、君の事情も分かるけれど、僕と一緒に行ってくれないだろうか、ロンドンに」

浩平の頰がピクピク動いていた。この人が緊張したときに見せる仕草だと知っている。

「なぜだろうかな、不思議だな、これって」

恥ずかしそうに微笑む浩平が目の前にいた。うれしかった。涙が出るくらいうれしかった。すぐにでも「はい」と返事して、彼の胸に飛び込んでいきたい。でも、でも、家には母が待っている。世話を必要としている。自分のせいでトイレにもいけず、歩くこともできなくなった母がいるのだ。そんな親を犠牲にして私だけが幸せになんかなれない。なれるはずがないじゃないの――。

あのときと同じ秋が、過ぎようとしていた。

二人の散歩コースは決まっていた。家を出て東にゆっくり歩くと三百メートルくらいで河川敷の公園に出る。ところどころ木製のベンチがあって、茶色のコンクリートで固められた遊歩道もある。なによりこの場所がお気に入りだったのは、子どものころから見慣れた屋島が目の前にあったからだ。あの山頂からは瓦投げをしたり、夕涼みに歩いたりと懐かしい思い出がいっぱい詰まっている。

真ん中あたりのベンチに座り、隣に母親の車椅子を止めた。

二人はしばらく付近を眺めていたが、やがて伸江が思い出したように聞いてきた。

「美紀、あんたいくつになるんだっけ」

ほら、きた、と思う。

「なによ、いやだわ、急に。娘の年くらい覚えていてほしいわ。四十七歳よ」

そう返事したものの自分でもそんな年になったのかと驚く。

「そうか、もうお前も若くないんだね」

「まあ、失礼ね、相変わらず嫌なことをはっきり言うのね、お母さんは」

母はウフフと小さく笑ったが、すぐに下を向いて黙ってしまった。

「どうしたの」

「いいや、なんでもないよ」

鳥が一羽、屋島の上を大きく、くるくる回っている。もう、若くないと言われた言葉が刺さっていた。

「ほら、母さんが行っているデイサービスだけど」

「うん」

「すぐ隣に施設が建っているだろう」

「ええ、知っているわ」

「この間、そこに空きが出たって職員が話していたから、どんなところか見せてもらったのさ」

「まあ、一人で」

「そうさ、時間潰しにはちょうどいいと思ってね。興味が湧いてきたんだ」

「そう……」

この人はいつもそうだった。思いつくと、ぐずぐずしているのが嫌いなタイプで、すぐに行動に移さなければ機嫌が悪かった。

「それが案外いい部屋でね、角部屋だったんだよ。窓からは屋島も見えるし、小さなベランダもついているんだ。驚いたことに、デイサービスで顔なじみになった職員がこちらに異動になっててね、久しぶりに会ったものだから、話が弾んで楽しかったよ」

「……ん」

「だから、お母さん、ここに入ることに決めたからね」

「えっ」

いま、なんて言った？　いきなり何を言い出すのだろうかと思っていたら、こんな結論だったとは。予想もしなかったことだ。

「なんでそんな大事なこと、勝手に決めるの？」

つい声が大きくなる。

「いいじゃないか、自分のことなんだから」

母は何でもないとばかりに口をとがらせ、平然と笑っている。その態度にますます苛立ち、怒りが湧いてきた。

「何言ってるのよ、駄目よ。家族なのよ。そう簡単に決めることじゃないでしょう。相談くらいしてくれてもいいじゃないの」

「まあ、そりゃそうだね。多分そう言うと思ったよ」

「だったら」

「ここはご飯がとびきり美味しいそうだよ。毎日がご馳走だって聞いたよ。おまえの作った味の薄い料理なんかじゃないんだ。これだけでも施設に入る楽しみができたというものだろう」

なんでもないとばかりに薄笑いを浮かべている。でもなんか変。普通じゃない。涙があと溢れ出し、抑えきれなくなってしまった。美紀は人目もはばからず顔を伏せて泣いた。もう決めてしまったという融通のなさと、どうしてこんなことになるのか反発するけれど、そんな考えなんかこの人には通じないことも知っていた。

沈黙が続いた。

「……いつ、入るつもり？」

ポツリと聞く。

「そうだね、あれこれ物の整理や準備があるけれど、決めたらなるべく早く入ってほしいと言われてね。取りあえず、必要な物だけ持って今月末には行こうかと思っているよ。だからお正月は新しい部屋で気分新たに迎えるというわけさ」

「そんなに早く……」

やっぱりそこまで決めていたんだと知る。誰もいなくなった部屋で私はこれからどう生きていけばいいの？

「だからね、美紀、お前はロンドンにお行き。そして西野さんと幸せになって、お母さんを安心させておくれ」

「あっ」

そうか、そういうことだったのか。母も大粒の涙を流して泣いていた。

「おかあさん」

そう呼ぶのが精一杯だった。

母は自分を見捨てたわけじゃなかった。むしろ自分のことを考えて決めたんだと知る。西野浩平のもとに行かせるために、施設に入ることを決断したんだと気づいた。

でも、そんな決断をするなんて本当にどうかしている。

「でもね、もういいの、もういいのよ、お母さん。あの人とは別れたの。もうとっくに忘れてしまったくらいなのよ」

細く震えるような声で言う。

「馬鹿だね、おまえは。違うだろう、そうじゃないだろう。お母さんが知らないとでも思っているのかい。知っているよ。美紀がときどき浩平さんからもらった手紙を読んでいることを。今でも忘れられないんだろう、好きなんだろう？」

「……」

「そばであんなに大きなため息をつかれたら、気づくよ。私は隣の部屋にいるんだよ、聞こえてきて当たり前だろう」

「そんな……」

ああ、母は知っていたんだ。何もかも。そして、自分を介護から解き放そうとしている。

「本当にそれでいいの？」

「ああ、いいよ。いいともさ。これでも自分なりにしっかり考えたんだ。なあ、美紀。お母さんはこんな身体になったけれど、でも人生が終わったわけじゃないんだよ。お母さんは頑張って乗り越えなくちゃならないんだ。新しい場所で、新しい自分の居場所をつくりたいのさ」

母は流れる涙を拭おうともせず、娘に言い聞かせるように話していた。

「美紀、浩平さんのもとにお行き。そして自分の人生を歩いていっておくれ」

「お母さん……」

「それが親孝行というものだからね」

そう言い切った顔はなんだか眩しいくらいに強く、微塵の迷いも感じなかった。

もう何も言えなかった。

美紀は溢れる涙を両手で拭いた。その肩に優しく母の手が触れる。しゃくりながら空を見上げると、広く高い空を横切るようにして、北に飛行機が飛んでいく。

西野浩平が大きく手を振りながら、私を呼ぶ声が聞こえたような気がした。

了

あとがき

　子どものころから本を読んだり、書いたりすることは好きでした。社会に出てからは同人雑誌の会に入り、随筆や小説を発表してきました。介護保険のケアマネージャーという仕事の合間に、小さな本を片手に持ち、ときどきぶらりと旅に出る。そこで感じたことや日々のつれづれを文章にすることは楽しく、充実感がありました。

　今回、ご指導をいただきながら本を作り上げていく過程はすごく有意義で、楽しいものでした。自分の言葉が活字になる責任と、次第に形になっていく過程も満足した時間でした。

　この本を汽車やバスに揺られながらページを開いていただけるなら、こんな幸せなことはありません。

　文芸社の皆様には本当にお世話になりました。ありがとうございました。

白鳥　凜

著者プロフィール

白鳥 凛（しらとり りん）

1957年、香川県生まれ
「ずいひつ遍路宿の会」同人
「四国作家」同人

初出
『燃える秋』（「四国作家」第51号、2019年）

明日、海まで走ろう

2024年３月15日　初版第１刷発行

著　者　白鳥 凛
発行者　瓜谷 綱延
発行所　株式会社文芸社
〒160-0022　東京都新宿区新宿１－10－１
電話　03-5369-3060（代表）
03-5369-2299（販売）

印刷所　株式会社エーヴィスシステムズ

ISBN978-4-286-25181-3